I0669114

L'AVENTURE

DE SERGE ROUVANOFF

2ᵉ SÉRIE GRAND IN-8°.

4ʸ⁻²
2258

PROPRIETE DES EDITEURS.

LA RUSSIE CONTEMPORAINE

L'AVENTURE

DE

SERGE ROUVANOFF

PAR

EUGÈNE PARÈS.

LIMOGES
EUGENE ARDANT et Cⁱᵉ, ÉDITEURS.

L'AVENTURE

DE

SERGE ROUVANOFF

HISTOIRE RUSSE.

———

Dans lequel il est parlé de la Russie en général et de Serge
Rouvanoff en particulier.

Saint-Pétersbourg, ou plus communément Pétersbourg,
cette ville splendide qu'un caprice de Pierre-le-Grand fit
surgir comme une féerie des marais de la Néva, partage
avec Moscou l'honneur de servir de résidence aux Czars.

Mais une différence sensible existe entre les deux capitales. Si Moscou, froide, sévère, avec son Kremlin légen-
daire, ses mille temples que protége la croix grecque, ses
ponts innombrables jetés sur la Moskowa, ses palais qui
font des villes véritables dans la ville, ses quartiers asiatiques, personnifie aux yeux de tout bon Russe le berceau
de la puissance des Czars, c'est le passé aussi — Saint-
Pétersbourg, au contraire, fraîche, pimpante sous ses amas
de verdure, fière de ses palais, de ses demeures aristocra-

tiques, des dômes de cuivre de ses églises que rougissent les rayons du soleil, ou que le temps a revêtu de cette couleur verdâtre qui donne tant de prix aux vieux bronzes, de ses perspectives immenses, de ses théâtres, de ses îles couvertes de gracieuses villas que reflète l'onde tranquille des canaux, Saint-Pétersbourg, à cheval entre le golfe de Finlande et le lac Ladoga, c'est le présent.

A l'une, le calme, la majesté tranquille et guindée des choses, des êtres qui ont fait leur temps; à l'autre, la vie exubérante, folle, insensée de ceux qui se hâtent de jouir du présent sans songer à l'avenir.

Quelle surabondance de vie, d'animation dans ces larges perspectives que sillonnent en tous sens les calèches modernes, les « drosebkis », les « troikas », attelés de trois vigoureux poneys que l' « istvoschik » (1) russe conduit de la voix et du geste sans employer à peine son fouet à la longue lanière, mais au manche si petit qu'il le peut sans peine enfouir dans ses larges bottes, manœuvrant avec une habileté merveilleuse au milieu de toutes ces voitures se croisant et s'entrecroisant sans cesse!... Parfois passe, au grand galop de son cheval, un cavalier, un officier en grande tenue écartant la foule des « moujiks » (2) du bout de sa cravache. A la fermeture des bureaux des administrations, c'est un pêle-mêle, un fouillis de bureaucrates, de fonctionnaires casqués, sanglés dans leurs uniformes, auxquels se mêlent des gandins exhibant avec une grâce

(1) Cocher.
(2) Hommes du peuple.

guindée les modes qui, l'an passé, faisaient fureur à Paris,
des officiers, des soldats de tous les corps...

Au milieu de tout cela passent, la tête basse, serrés dans
leurs touloupes usés, frangés aux extrémités, le bonnet de
laine ou de fourrure enfoncé sur leurs yeux, des hommes
appartenant à la dernière classe du peuple, des moujiks,
esclaves hier, hommes aujourd'hui... Mais il ne semble
pas que ce mot magique : Liberté ! ait produit de grands
miracles en Russie, où l'homme de peine, le paysan vivent
sous la crainte perpétuelle du fouet et de l'amende, tout
comme avant le célèbre ukase d'affranchissement (1)...

* * *

Arrêtons-nous à Saint-Pétersbourg un beau soir d'octobre de l'année 187... Les ténèbres, comme un crêpe sinistre
que trouaient encore quelques chauds rayons, échappées
lumineuses qui faisaient resplendir les dômes dorés des
églises, mettaient une clarté fugitive aux faîtes des palais
et des hauts monuments, coloraient d'un dernier reflet
les eaux limpides des canaux ; les ténèbres, disions-nous,
s'abattaient déjà sur l'immense capitale.

Pendant que les officiers, les hauts fonctionnaires
assiégeaient les cafés étincelants de dorures, resplendis-
sants déjà des mille feux du gaz, que les « Tschinov-
nicks » (2) dans leurs voitures élégantes, les bons bourgeois,

(1) Cet ukase qui affranchit tous les serfs en Russie date de 1851.
(2) Nobles.

leurs femmes au bras, leurs enfants sur les talons, regagnaient leurs demeures confortables, que les petits employés se dirigeaient lentement vers leurs maigres pen-
sions, que les « gardavoïs » (1) regardaient passer la foule
d'un air indifférent, hébété plutôt de cette orgie de masques
et de couleurs, acheminons-nous vers la perspective de la
Czarine, et, là, pénétrons dans une maison haute et blanche,
sur le balcon de fer de laquelle s'étalaient ces mots en
lettres d'un pied de haut :

IVAN MATROWISCHT
BANQUIER.

Franchissons le seuil et entrons dans un vaste bureau.

Déjà les employés avaient déserté leur tâche ingrate et
monotone ; seul, dans une sorte de cage grillagée, où, sauf
la porte, on ne voyait d'autre ouverture qu'un étroit gui-
chet surmonté d'une plaque émaillée avec ce mot : caisse,
en lettres bleues, un homme, courbé sur un grand registre
qu'il feuillettait avec une impatience fiévreuse, ne semblait
tenir aucun compte du temps qui s'enfuyait.

La clarté brutale du gaz, dont rien ne tamisait l'éclat,
l'éclairait tout entier.

Quiconque l'eût vu ainsi, absorbé, en apparence, dans
son travail, n'eût pas manqué de s'écrier :

— Quel courageux employé!

Et certes, on lui eut donné raison. Depuis dix ans qu'il

(1) Agents de police.

était attaché en qualité de caissier à la maison de banque Ivan Matrowischt et C[le]; Serge Rouvanoff avait toujours passé pour un homme courageux, austère, un serviteur modèle.

On ne lui connaissait qu'un seul défaut :

L'orgueil.

Pendant que, penché sur ses livres, calme en apparence, mais le regard chargé d'éclairs, les mains crispées, la poitrine soulevée par des sanglots étouffés, le « caissier modèle » n'a pas encore quitté sa place : photographions-le en quelques traits de plume.

Serge a quarante ans : à première vue, on lui en donnerait trente à peine sans une ride transversale qui lui creusait le front, sans deux plis profondément accusés qui semblaient lui brider la bouche avant de se perdre dans sa barbe.

C'est un homme grand, carré comme un athlète avec des épaules qui semblent de force à soutenir un monde. Il a le front haut et complètement dégarni, le nez un peu épaté, indice caractéristique de la race à laquelle il appartient; sa bouche, largement fendue et ornée de dents du plus pur émail, disparaît presqu'entièrement sous une barbe épaisse, blonde comme ses cheveux.

Les pieds et les mains sont moscovites, c'est-à-dire énormes.

En somme, au repos, la physionomie était engageante, débonnaire, et on comprenait facilement combien Serge Rouvanoff avait raison de se montrer fier et satisfait de sa place de caissier, dans une des principales maisons de Saint-Pétersbourg et de ses cinquante roubles d'appointements (1).

Cependant Serge s'était levé. Brusquement il ferma le registre qui vibra avec bruit sur la tablette de bois du bureau et étendit la main vers un énorme portefeuille, gonflé de papiers, qui se trouvait à sa portée.

Un combat violent semblait se livrer en lui : sa tête pensive retombait sur sa poitrine, son regard était morne et sans expression...

La pendule sonna lentement sept heures.

— Déjà ! fit-il avec un tressaillement d'effroi.

Son œil inquiet explora l'immense pièce : il était bien seul.

— Il le faut ! murmura-t-il d'une voix sourde, il le faut !... J'ai trop tardé !... Est-ce une vie ?... toujours la crainte, toujours le remords... Allons, du cœur... deux routes s'ouvrent devant toi, celle du repentir : c'est-à-dire le déshonneur, la prison, l'exil en Sibérie... celle de l'infamie, mais de la fortune aussi...

« La fortune !...

» Te rendra-t-elle l'amour de celle que tu vas lâchement abandonner... l'affection de tes enfants... l'amitié de ton frère ?... Oh ! malédiction sur moi ! Je les aime, et pourtant il me faut les quitter... sans les revoir, les embrasser une dernière fois... Je les aime, et, pour tout héritage, je

_____

(1) Le rouble vaut quatre francs de notre monnaie.

leur laisse un nom deshonoré... le nom d'un faussaire...
d'un voleur ! »

Sa main caressa la crosse d'un revolver caché sous ses
vêtements ; il frissonnait.

— Ne vaudrait-il pas mieux en finir ? reprit-il au bout
d'un moment. Mort, j'échappe à la justice, aux lois...
Folie ! Est-ce que l'or ne remplace pas tout ici-bas ?...
Est-ce que, riche, je ne serai pas accueilli, fêté, envié partout ? J'ai la fortune sous la main, et j'hésite... insensé ! il
sera toujours temps de mourir que   ne te restera plus
d'autre espoir...

Il retomba dans son fauteuil, brisé, anéanti par les
éclats de cette tempête qui bouillonnait sous son crâne.
Les sanglots comprimés brisaient sa poitrine, tout son être
vibrait comme une feuille au souffle de la tourmente.

La porte du bureau s'ouvrit et un homme entra.

Soixante ans, la barbe et les cheveux blancs et incultes
comme la toison d'un bélier, l'œil vert et bordé d'un cercle
écarlate, la bouche édentée et grimaçant toujours, le nez
rouge comme un charbon, tel était maître Kiopaseff, le
« dvornik » (1) de la maison.

Ajoutons que, quoique la soirée commençât à peine, il
était déjà complètement ivre.

L'ivrognerie est, hélas ! la tache d'huile qui s'étend sans
cesse du sommet à la base de l'échelle sociale en Russie.
Chez le moujik, comme chez le grand seigneur, elle est
admirée, encouragée. Seulement, les uns se grisent avec du

_____

(1) Portier.

Champagne, les autres avec du « vodki » : là est toute la différence.

Kiopasoff, dont les fonctions comportaient aussi la fermeture des bureaux, venait en titubant, son long corps perdu dans son touloupe en peau de mouton, agité par un tremblement alcoolique, s'acquitter de ce soin.

— Allons, petit père, dit-il avec cette familiarité qui distingue les gens de la basse-classe; tu as assez travaillé, et moi je serai puni si les bureaux ne sont pas fermés à l'heure.

Serge s'était déjà redressé, et son œil inquiet, fixé sur la face couperosée du dvornik, essayait de pénétrer sa pensée; mais l'ivrogne était incapable de penser.

— Soit, dit-il en lui jetant cinq ou six copecks (1), je pars; toi, va boire à ma santé.

— Je n'y manquerai pas, Serge Alexandrewitch (2), répondit l'ivrogne qui avait saisi au vol les pièces de cuivre.

Déjà Serge, calmé comme par enchantement, avait revêtu un long pardessus; sa main, sans aucune hésitation cette fois, s'appuya sur le portefeuille qui disparut dans une de ses vastes poches.

Puis, lentement, il sortit sans daigner répondre aux salutations dont l'ivrogne le gratifiait... pour son argent.

Bientôt il fut dans la rue; il se faisait tard déjà, et la

---

(1) Le kopeck vaut environ deux centimes.
(2) En Russie on désigne généralement une personne en faisant suivre son nom de baptême de celui de son père. Serge Alexandrewitch, veut dire Serge fils d'Alexandre.

circulation, interrompue pendant l'heure du repas, recom-
mençait comme de plus belle. Lancé au milieu de cette
marée humaine, Serge se sentait mal à l'aise ; il devait être
affreusement pâle ? la glace d'une modiste lui renvoya son
image, et il eut peur... Il lui semblait que son crime
était écrit sur son front, que chaque passant s'écartait
de lui avec dégoût ; il s'attendait, à chaque minute, à voir
les gardavoïs, qui suivaient d'un œil indifférent les évolu-
tions de cette mer tumultueuse qu'on nomme la foule,
s'approcher de lui et lui mettre la main sur l'épaule en
disant :

— Voleur !...

Il s'épongea le front avec son mouchoir.

— C'est intolérable ! murmura-t-il. Que je souffre !...

Et sa main crispée serrait le portefeuille enfoui sous
son vêtement, et il lui prenait des envies folles de le
rejeter au loin et de crier :

— Ce n'est pas moi... Je n'ai rien...

Peu à peu cependant, l'air frais du soir, en rafraîchissant
son front brûlant, calma cette effervescence sauvage. Les
passants qu'il coudoyait comme à plaisir se contentaient de
répondre par un salut à ses excuses rageuses. Les gardavoïs ne faisaient nullement attention à lui.

Alors il reprit courage.

— Fou ! dit-il en haussant les épaules, qui s'inquiète
de toi ?

Il marchait toujours comme pour tromper l'ardeur
farouche qui le dévorait.

Peu à peu, les lumières des quartiers aristocratiques se fondirent dans la buée de chaudes vapeurs qui montaient du sol; les becs de gaz se faisaient de plus en plus rares, et les élégants étaient remplacés par des hommes, des femmes du peuple, marchant en titubant, parfois fraternellement accouplés, l'un soutenant l'autre.

Des « maisons à thé », partaient des concerts de voix avinées, qu'accompagnaient tant bien que mal une « wiska », une orgue de Barbarie.

Sergé était dans une de ces rues immondes, infectes, qu'on s'étonne de trouver encore dans les plus belles capitales. Les maisons de bois qui les bordaient semblaient toutes lépreuses de vices et de misères; leurs larges toits, leurs balcons en saillie, où pendaient des guenilles, surplombaient d'une façon inquiétante pour le promeneur et interceptaient à la fois l'air et la lumière. Tous les rez-de-chaussée étaient autant d'auberges, de « maisons à thé », où on dansait, on chantait, on se querellait.

— Enfin! murmura Serge.

Et sans hésiter, il pénétra dans une de ces tanières qu'éclairaient faiblement les lueurs rougeâtres du pétrole.

La boutique — car c'était une boutique — basse, étranglée comme un boyau, était encombrée d'une foule d'objets plus disparates les uns que les autres. De grossières planchettes de sapin ployaient sous le poids d'une infinité de volumes, romans Russes, Français, Anglais, partitions de musique destinés à orner la bibliothèque d'un érudit ou à être vendus à l'épicier du coin; ailleurs c'étaient des armes précieuses, des fleurets rouillés, des pianos, des harpes, des guitares, des instruments de cuivre; plus loin des bouteilles vides ou pleines, des habits taillés suivant la dernière coupe de Paris à côté de vêtements faits pour les moujiks, ou encore des défroques qui semblaient empruntées à la garde-robe d'un cabotin de province.

Et ce n'était pas tout : en cherchant bien on eût pu voir des émaux, des faïences, pêle-mêle avec des flacons de parfumerie, des bottes éculées, des harnais, etc., etc...

Le propriétaire de cet étrange magasin était un de ces juifs — comme on en voit tant dans la sainte Russie — avides, méprisés de toutes les classes ; mais possédant à eux seuls plus des trois-quarts de la fortune publique.

La Russie est aujourd'hui — excepté l'Allemagne peut-être — le seul état européen où les Juifs soient traités avec le plus de dédain, d'avanies systématiques. Ils doivent tout subir, tout accepter sans essayer une plainte qui, le plus souvent, ne prêterait qu'au rire, courber les épaules sous les menaces et les coups. Seuls, hier encore, ils ne pouvaient acheter de terres, briguer la moindre fonction publique : ils sont moins que des chiens, ils sont des Juifs...

Et pourtant quel immense orgueil, que de haines terribles couvent sous cette prétendue humilité !... Si abject, si obséquieux que soit le Juif, il s'est imposé une tâche, un but suprême : ruiner, déshonorer ceux qui, moins

intelligents que lui, le condamnent à une réprobation
éternelle.

Et si l'on pense que tout le commerce est entre ses mains,
qu'il est le seul bailleur de fonds de la noblesse, on comprendra combien sa tâche lui est facilitée par les circonstances.

Cette longue digression, sur des personnages qui appa-
raîtront plusieurs fois dans le cours de ce récit, nous a fait
oublier Serge Rouvanoff. Mieux que nous, il avait employé
son temps, et, quand au bout d'un quart d'heure, il sortit
de la boutique de Samuel Irowesth, il était complètement
métamorphosé.

Toute sa barbe, sauf une épaisse moustache taillée en
brosse, était tombée sous le fil d'un rasoir habile; ses
cheveux militairement rasés, une légère couche de bistre
sur le visage lui donnaient l'aspect d'un major allemand
ou d'un inspecteur de police. Un chapeau de feutre, une
vaste houppelande bleue claire, un pantalon à la cosaque
enfoui dans de grandes bottes, achevaient de le rendre
méconnaissable.

Ajoutons que sa moustache et ses cheveux, blonds tout
à l'heure, se trouvaient maintenant d'un noir à rivaliser
avec le plumage d'un corbeau.

Il brandissait d'un air conquérant une de ces énormes
cannes si connues des pauvres moujiks.

— Voilà qui va bien ! murmura-t-il avec une satisfaction
évidente, et Wasilika, elle-même, ne me reconnaîtrait

pas... Pauvre Wasilika! continua-t-il avec un soupir, partir sans la revoir!... Il le faut, pourtant...

Et le même scrupule, qui tout à l'heure faisait vibrer tout son être, essaya encore d'émouvoir sa conscience. Mais il le repoussa.

— Non, fit-il d'une voix rauque, c'est impossible! Le sort en est jeté... Je suivrai la voie que je me suis tracée, dut-elle me conduire à l'infamie.

Un « droschki » vide passait lentement au pas nonchalant de son cheval. Serge héla l'istvochik.

— Conduis-moi à l'Opéra, au café, partout où l'on rit, partout où l'on s'amuse, dit-il; il y a deux roubles pour toi.

— Monte, petit père, répondit le cocher, ma bête marche comme une cavale de l'Ukraine.

Et rassemblant les rênes, il fouetta vigoureusement son bidet, qui prit aussitôt le grand trot.

Serge voulait oublier...

2

II

Dans cette même soirée, où se sont passés les faits que nous venons de raconter, une scène d'un tout autre genre avait pour théâtre une des petites maisons qui bordent le canal de l'impératrice Catherine.

L'intérieur où nous conduisons le lecteur était assez coquet pour un intérieur de petits bourgeois. Pour avoir une idée du confortable russe, il ne faut pas oublier que, il n'y a pas si longtemps encore, le lit était un luxe à peu près inconnu dans le saint empire, et, aujourd'hui même, il ne faut guère s'éloigner des capitales pour s'apercevoir que l'élégance et le bien être ne sont accessibles qu'à quelques privilégiés de naissance et de fortune.

Un peintre se serait arrêté, ému, sur le seuil de cette petite chambre où chaque chose était si bien à sa place, où une élégance naturelle, une propreté exquise compensaient largement ce que l'ameublement pouvait avoir de mesquin, de démodé. C'était une sorte de parloir aux murailles unies, mais brillantes, sous une couche de peinture simulant le « faux bois ». De légers rideaux d'étoffe commune pendaient aux fenêtres qui, toutes, avaient des vitres : on n'y voyait d'autres meubles qu'une petite console supportant une glace dont le cadre était entouré de mousseline, quelques chaises, une ottomane, et enfin une table ronde chargée de livres. Un grand poêle de porcelaine aux garnitures de cuivre brillant avait l'air de s'ennuyer dans un coin attendant l'hiver pour ronfler joyeusement. Sur la muraille opposée s'étalaient les « saintes images » dont les enluminures d'azur et de vermillon se détachaient radieuses, sur un fond d'or mat et devant lesquelles brûlait une petite lampe.

Au moment où nous pénétrions dans cette chambre, une femme et deux enfants s'y trouvaient. Pendant que la mère, tristement assise sur le divan, les deux mains croisées sur ses genoux, semblait s'absorber dans ses pensées, les bambins — deux garçons de huit à dix ans — penchés sur la table qu'éclairait une lampe, s'amusaient à contempler les gravures d'un gros livre.

Cette femme était Wasilika, l'épouse de Serge Rouvanoff. Elle pouvait avoir trente ans. Ses traits étaient beaux et réguliers, mais un peu froids — comme si la gaieté ne pouvait s'épanouir sous ces froids climats du nord. Elle portait un long peignoir d'indienne bleue rayée de brun et de gris ; ses cheveux tordus sur la nuque étaient simplement maintenus par un ruban noir.

Le temps se passait. Alors, n'y tenant plus, Wasilika s'approcha de la fenêtre et écarta les rideaux.

L'obscurité était profonde dans la rue.

— Rien! fit-elle découragée. Huit heures viennent de sonner pourtant... et Serge ne revient pas... Lui serait-il arrivé malheur?...

— Mère, dit un des enfants, papa ne revient pas. J'ai faim.

— J'ai faim... répéta l'autre.

— Patience, mes chéris, répondit la mère; il va venir.

Et comme pour corroborer cette assertion, un pas lourd fit gémir les marches du vieil escalier.

Déjà Wasilika s'était précipitée vers la porte.

— Ce n'est pas lui! fit-elle avec douleur.

Cependant le nouveau venu s'était assis sur le divan. C'était un homme d'une cinquantaine d'années environ, au visage calme et résolu. Sa barbe, ses cheveux complétement blancs semblaient le vieillir encore. Sa parole brève et saccadée, son geste automatique, le ruban noir et jaune qui ornait sa boutonnière, trahissaient l'ancien militaire.

En effet, Alexis Rouvanoff était un ex-major des armées du Czar. Pourquoi avait-il quitté l'état militaire à un âge où l'expérience des hommes et des choses pouvait le conduire à une rapide fortune — but qu'atteignent presque toujours les fonctionnaires Russes et qui est leur préoccupation constante? C'est ce que nous saurons plus tard.

Alexis avait entendu les dernières paroles de Wasilika.

— Ce n'est pas lui? dit-il en souriant. Tu attendais donc quelqu'un?...

— Serge, dit-elle;... il n'est pas encore rentré...

Alexis fronça ses gros sourcils, et repoussant brusquement les deux enfants qui, suivant leur habitude, cabriolaient déjà sur ses genoux.

— Donne ces enfants à Anina, dit-il, qu'elle les fasse manger et les couche... Nous, nous avons à causer...

Et quand ils furent seuls :

— Serge mène depuis quelque temps une vie étrange et peu en rapport avec ses moyens, reprit-il. Je ne veux pas récriminer ; mais tout cela n'est pas naturel.

— Mon Dieu ! s'écria Wasilika, c'est affreux d'ajouter encore à mes angoisses. Qu'est-il arrivé?... qui le sait! Il est peut-être blessé... peut-être mort, et tu l'accuses !...

Alexis eut un triste sourire.

— Pauvre femme, dit-il, tu souffres parce que tu l'aimes... Et lui, il t'oublie! Est-ce la première fois que tu soupires après son retour?... Est-ce la première que tu pleures en l'attendant? N'es-tu pas déjà habituée à cette vie de larmes et d'angoisses perpétuelles ?...

Wasilika ne répondit pas.

— Non! continua Alexis qui s'était levé et arpentait l'appartement d'un pas fiévreux, tout cela ne peut durer... il faut que je sache si j'ai, moi, un frère encore, toi un mari... Tout cela est étrange, te dis-je... Serge, si sobre, si aimant autrefois, semble avoir perdu toutes ses bonnes qualités! Il n'est plus le même, il te délaisse, il fuit son

intérieur, et tout cela pourquoi ?... pour fréquenter les
cercles auxquels, je ne sais comment il s'est fait affilier,
les théâtres, les tripots où l'on joue... Tout ce luxe —
bien simple pourtant — qui vous environne m'épouvante :
sont-ce ses modestes appointements qui peuvent subvenir
à toutes ces dépenses ? Ah ! j'ai peur !...

Wasilika s'était redressée, blême, l'œil étincelant. Elle
prit les mains de son beau-frère, et, le regardant bien
en face :

— Tu as peur ?... dit-elle.

— Oui, s'écria Alexis avec une explosion terrible, j'ai
peur, entends-tu !... peur qu'il déshonore le nom respecté
de son père...

— Oh ! non ! fit-elle, non, c'est impossible !... Il est
encore digne de nous, digne de ses enfants... l'accuser, lui,
Serge ! mais ce serait blasphémer...

— Je voudrais le croire ! murmura Alexis d'une voix
sourde.

Et il retomba sur le divan près de Wasilika, et tous deux,
la main dans la main, l'œil fixe, l'oreille tendue, écoutèrent
les mille rumeurs de la nuit.

La lampe pâlissait déjà ; déjà tout se taisait dans l'immense capitale, et c'est à peine si la voix avinée d'un
ivrogne, le pas lourdement cadencé d'un gardavoi, le rou-
lement d'une voiture troublaient de temps à autre le silence
lugubre de la nuit.

Tous deux se taisaient. Qu'eussent-ils pu se dire ?
leurs craintes n'étaient-elles pas les mêmes ?

Le temps est long quand on souffre! Wasilika, à bout d'espérance, s'était agenouillée devant les « saintes images » et priait longuement, ardemment.

La nuit se passa enfin...

Serge n'était pas revenu...

Alors Wasilika se redressa.

— Alexis, dit-elle à son beau-frère. Alexis, un malheur est arrivé...

— Oui, fit-il d'une voix sombre, et fasse le ciel, pauvre femme, que ce ne soit pas celui que je redoute...

A son tour il se leva, et, boutonnant sa longue houppelande, il prit sa canne et son chapeau.

— Je le saurai, continua-t-il. Bon courage, pauvre femme.

— Oui, répéta-t-elle, bon courage! Dieu nous protégera.

Alexis sortit. Bien qu'ayant beaucoup parlé, il avait caché à la pauvre femme une partie de ses inquiétudes. Depuis longtemps il surveillait son frère, et cette vie à grandes guides qu'il menait l'épouvantait. Plusieurs fois il avait tenté de discrètes observations, des reproches mêmes; mais Serge se prétendait intéressé dans la maison Matrowischt; il faisait, disait-il, des opérations financières pour son propre compte, et tant qu'aux dépenses exagérées, théâtres, cafés, clubs, qu'on lui reprochait, il fallait bien représenter un peu.

— On ne parvient pas à la fortune sans lui sacrifier quelque chose, disait-il en manière de conclusion.

Alexis se dirigeait vers la demeure du banquier : là il connaîtrait sans doute les causes qui avaient retenu Sergo.

Il était à peine six heures, et, pendant que les heureux de ce monde, encore plongés dans le sommeil, réparaient dans leurs hôtels somptueux les fatigues d'une nuit de plaisirs, le peuple — toujours vaillant — remplissait les rues, criant, s'agitant, se démenant. Des pêcheurs apportaient au marché de grandes corbeilles de poissons argentés et frétillants encore ; de lourdes voitures de maraîchers chargées de légumes étincelants de gouttelettes de rosée, avançaient lentement, traînées par des petits poneys des, steppes qu'activait un paysan au long touloupe de peau de mouton, chaussé de grandes bottes, ses cheveux blonds débordant de dessous son bonnet de fourrure ou de son petit chapeau, et retombant sur ses épaules. — Ailleurs on voyait des laitières, des marchands de volailles, de « kalatchs », de thé, criant leurs prix d'une voix sonore ; — les cochers regagnaient leurs stations, les ouvriers leurs ateliers — et au-dessus de tout cela tournoyaient, avec de grands bruits d'ailes, des vols immenses de pigeons...

Les boutiques s'ouvraient : les dvorniks, la pipe à la bouche, balayaient les trottoirs avant de prendre leur premier verre de vodki ; les auberges s'emplissaient déjà.

On voyait aussi des groupes d'hommes, à la mine renfrognée, groupés par escouades, enlevant, sous le bâton des gardavois, les immondices de la veille. C'étaient des pauvres diables ramassés par la police en état d'ivresse, et qu'on employait ainsi, en attendant mieux.

C'était comme le réveil d'une ruche immense, le premier bourdonnement des abeilles travailleuses : en attendant l'heure de la promenade, des visites, la capitale était entièrement livrée au peuple.

Quand Alexis parvint à la demeure du banquier, les bureaux n'étaient pas encore ouverts. Seulement, sur le seuil de la porte, il rencontra Kiopasoff, le dvornik, ivre déjà ou à peu près.

Alexis ne pouvait mieux s'adresser.

Il mit une pièce de dix kopecks dans la main du drôle — précaution toujours utile en Russie — et lui demanda à quelle heure, la veille — Serge avait quitté son bureau.

Il fallut à l'ivrogne un prodigieux effort de mémoire pour s'en rappeler — tant de vodki et de « kwass » avaient coulé depuis la veille! Enfin, il se souvint.

— A sept heures, petit père, répondit-il.

— En es-tu sûr?

— Aussi sûr que le Czar est notre père à tous, répondit encore Kiopasoff.

L'affirmation n'était guère concluante. Alexis, néanmoins, l'accepta pour ce qu'elle valait.

— Et depuis? dit-il.

— Tu veux en savoir trop pour ton argent, riposta l'ivrogne. Es-tu de la police, petit père? Rien à faire alors. Serge Alexandrowetch est un honnête homme.

— Parleras-tu, misérable? fit Alexis impatienté.

— Est-ce qu'un employé revient à son bureau sa journée finie.

— Tu ne l'as pas revu, alors ?

— Voilà une heure que je te le dis.

Alexis quitta l'ivrogne. Pendant toute la matinée il erra dans Saint-Pétersbourg, frappant à toutes les maisons où il espérait rencontrer son frère ; mais toujours vainement. A mesure qu'une déception augmentait la somme de ses déceptions, son front se rembrunissait, et une pensée horrible, affreuse le mordait au cœur.

— Oh ! non ! disait-il, non, je blasphème !...

Enfin, las de frapper en vain à toutes les portes, de poursuivre un but insaisissable, il revint à la petite maison où Wasilika l'attendait en pleurant.

— Eh bien ? fit-elle morne, découragée.

— Rien ! murmura Alexis.

Il se fit un silence de quelques minutes, puis Alexis reprit !

— Il n'est donc pas revenu ?...

— Non, répondit Wasilika.

Et prenant la main de son frère.

— Un malheur est arrivé, continua-t-elle. On l'a tué, jeté peut-être dans le canal... Il faut savoir... courons à la police.

Alexis hocha tristement la tête. Bien que ne sachant au juste ce qui s'était passé, ce qui avait pu motiver la disparition de son frère, il se doutait bien que ce n'était pas à la police qu'il fallait s'adresser pour le retrouver.

— Tu hésites ?... lui demanda Wasilika, qui déjà était prête.

— Non, répondit-il.

Au même instant des pas lourds, tumultueux, firent crier les marches usées de l'escalier, et une dizaine de policiers, aux uniformes sombres relevés par des boutons de métal, firent invasion dans la pièce, conduits par un agent en bourgeois.

Instinctivement Wasilika s'était élancée vers Alexis comme pour implorer sa protection.

Grégory Mikaïlanoff, le chef des limiers, une grosse canne plombée à la main, un feutre crasseux enfoncé sur ses yeux louches, drapé dans sa houppelande frangée comme dans une robe de chambre, s'écria aussitôt :

— Gardez toutes les issues... Que personne ne sorte...

Et se tournant vers Alexis et Wasilika, pâles tous deux, redoutant un nouveau malheur, il reprit en touchant le major du bout de sa grosse canne :

— Tu es Serge Rouvanoff ; je t'arrête ; suis-moi.

Alexis se redressa.

— C'est faux ! dit-il. Je m'appelle Alexis et non Serge ; je suis un ancien serviteur de notre père à tous, le Czar, et si Grégory Mikaïlanoff m'avait mieux regardé, il ne m'eut pas pris pour mon frère plus jeune que moi de dix ans...

— Soit! conduis-nous près de Serge.

— Il n'est pas ici.

— Tu mens ! s'écria Grégory en frappant du pied avec violence ; il est ici, mes limiers le trouveront.

Sur un signe de leur chef, les « limiers », comme il les appelait, bouleversèrent tout dans la maison, fouillant les armoires, sondant les murailles, inspectant les plafonds dans l'espérance d'y découvrir une cachette, mais leur espoir fut trompé ; on sait que Serge était loin déjà...

Pendant que les « limiers » s'évertuaient dans leurs vaines recherches, Grégory, lui, faisait sans scrupule main basse sur les papiers, les bijoux, l'argent même, suivant cette excellente coutume qui veut que les policiers profitent au moins des dépouilles de leurs victimes.

Habitués à de tels procédés, Alexis et Wasilika ne tentèrent pas de protester.

— Mais, s'écria enfin le major quand il vit Grégory — après avoir mis en réserve dans ses vastes poches ce qui lui convenait le mieux dans le butin — nouer le reste dans un mouchoir de couleur ; me diras-tu pourquoi Serge est recherché ?... de quel crime on l'accuse ?...

— Tu l'ignores, petit père ?... fit Grégory avec un sourire cynique

— Sur mon honneur !

— Eh bien ! ton frère est recherché par les ordres de Matrowischt, à qui il a soustrait, depuis cinq ans, plus de vingt mille roubles argent...

— C'est faux !... s'écria Wasilika avec force.

— Là ne se sont pas bornés ses exploits, continua le policier avec le même sourire ironique ; et hier il a levé le pied emportant pour plus de cent mille roubles de valeurs...

— C'est faux !... s'écria encore Wasilika, c'est faux !... vous mentez ! Serge n'est pas coupable...

Et avec un cri déchirant, elle se renversa en arrière, froide, inanimée.

Déjà Alexis l'avait reçue dans ses bras. La pauvre femme avait perdu connaissance.

Grégory, lui, ricanait toujours:

— Allons, mes agneaux, dit-il à ses agents, nous avons fait fausse route : l'oiseau est trop fin pour être revenu au gîte. Mais notre besogne n'est pas terminée pour cela ; Serge Rouvanoff avait des complices : les voilà !...

Et il désigna de la main Alexis, pâle comme un cadavre, soutenant toujours dans ses bras Wasilika évanouie.

— Infâme ! dit Alexis au policier, tu sais bien que tu mens...

— En route ! ordonna Grégory.

Alexis n'essaya pas de résister, de prouver l'inanité de cette accusation absurde : il connaissait trop bien les usages de son pays pour cela. Le seul moyen de convaincre le policier, c'était de lui glisser quelques roubles dans la main; mais Grégory, soit qu'il eût des ordres précis, soit toute autre cause, dédaigna ce moyen de corruption.

— A la grâce de Dieu ! murmura Alexis.

Et, suivi, précédé des agents, il descendit portant dans ses bras Wasilika toujours évanouie. Les enfants pleu-

raient, sanglotaient dans un coin. Alexis eut le temps de
faire un signe à la vieille Anina.

— Je ne les abandonnerai pas, fit-elle à travers ses
larmes, car elle pleurait aussi.

Des curieux — assemblés là on ne savait comment —
barraient le chemin entre la porte et la voiture qui avait
amené le policier. Il fallut que les agents s'ouvrissent un
passage à grands coups de poing.

Tous ces gens dévisageaient les deux victimes ; les mots
« voleurs ! » « faussaires ! » circulaient dans la foule.

Alexis s'était arrêté.

— Je voudrais que Serge fût là, caché dans cette foule...
murmura-t-il. Je voudrais qu'il assistât à notre calvaire !
Alors, il comprendrait la grandeur de son crime !...

— Marche ! dit Grégory durement.

Quelques instants après, la voiture dans laquelle, outre
les prisonniers, Grégory et deux de ses agents avaient pris
place, roulait vers le bureau de l'inspecteur de police du
quartier.

III

Où l'auteur rajeunit ses personnages de trente ans et vieillit son histoire d'autant.

Il nous faut maintenant abandonner pour un moment nos personnages, et, pour l'intelligence de ce qui va suivre, jeter un rapide coup d'œil en arrière.

Dans cette partie du Saint-Empire, connue sous le nom de Petite-Russie, vivait, il y a une trentaine d'années déjà, un vieux gentilhomme, le prince César Doubloskine.

Ses domaines étaient vastes et fertiles; autour de sa demeure seigneuriale, bâtie presque tout en bois suivant l'antique coutume nationale, se groupaient plusieurs villages aux grandes isbas (1) de bois, une église, un couvent. Il « possédait » plus de dix mille serfs taillables et corvéables à merci, et cependant il était loin d'être riche...

Tout ce que les Juifs et le jeu lui laissaient, devenait fatalement la proie de son intendant Nicolas, un ancien serf doublé d'un fripon.

(1) Maison.

D'ailleurs, le prince et la « barina » (1), son épouse, ne faisaient que de courtes et rares apparitions sur leurs terres; tant que l'argent durait, ce n'étaient que voyages, excursions en France, en Italie, en Suisse, fêtes à Moscou et à Saint-Pétersbourg : le dénûment le plus complet ramenait seul les illustres époux parmi leurs vassaux.

Il fallait alors payer les dettes contractées un peu partout, amasser en prévision de nouveaux plaisirs — et Dieu sait si les pauvres serfs étaient taxés et pressurés !... Les récoltes, les bestiaux, cédés à des prix dérisoires, devenaient la proie des Juifs avec lesquels l'intendant s'entendait à merveille.

Aussi, tout allait de mal en pis. Incapable de rien voir par lui-même, César Doubloskine s'en remettait pour tout à Nicolas, se contentant de recevoir les fonds que celui-ci lui versait, sans même s'inquiéter de leur provenance. Le reste du temps il chassait en forêt, pêchait sur la rivière, s'enivrait régulièrement chaque soir avec le pope et quelques boyards du voisinage.

Pendant ce temps, la barina contemplait ses toilettes, inutiles, hélas ! dans ce désert, ou, nonchalamment étendue sur un divan, feuilletait un roman français en soupirant au souvenir des splendeurs de l'Opéra, des bals, des fêtes merveilleuses de Paris.

Elle ne sortait de cette apathie malsaine que pour gronder et même frapper ses femmes de chambre, peu formées aux belles manières, quereller aigrement son mari qui ne

(1) Titre que l'on donne à la femme d'un noble de première classe.

savait pas augmenter sa fortune et la condamnait à cette vie étroite et mesquine.

Lui, haussait les épaules, allumait sa pipe, et... retournait à ses cartes et à sa bouteille d'eau-de-vie.

Telle était la vie que menaient, la rage dans le cœur, César Doubloskine et Elisabeth Polotskow, existence qui, d'ailleurs, était alors, et est encore aujourd'hui, celle de la plupart des grands seigneurs russes.

Un seul personnage était réellement heureux dans cette triste maison, c'était Nicolas, l'ancien moujik, qui, à force de souplesse et de basses complaisances, avait su se faire émanciper, puis se rendre indispensable à ses maîtres. Lui seul avait la haute main sur le nombreux personnel de la maison, sur les misérables serfs, et il ne se faisait pas faute d'user de son ascendant, ne parlant jamais que le fouet à la main, l'injure aux lèvres.

On comprend combien un tel personnage était haï et méprisé de tous; mais il n'en tenait nullement compte : avare — tant qu'il ne s'agissait pas de satisfaire ses bestiales passions — il voyait chaque jour s'augmenter sa fortune, tandis que celle du prince suivait une marche inverse; peut-être même caressait-il l'idée de devenir un jour le propriétaire légitime de ce magnifique domaine.

Alors il se serait fait anoblir, décorer... cela coûte cher en Russie, mais ne faut-il pas sacrifier un peu à l'orgueil ?

Quels beaux rêves !....

Pour les réaliser il ne fallait que de l'audace et pas du

3

tout de conscience : Nicolas possédait ces qualités au
suprême degré.

Une seule ombre faisait tache à ce tableau radieux.

Sur les terres du prince vivait un homme âgé déjà, un
simple serf, mais qui avait su, par son travail, sa persévérance et surtout sa droiture — une qualité anti-russe —
s'amasser une grande fortune. Le prince avait pour lui la
plus grande considération et n'avait jamais permis à Nocolas
— ce que celui-ci ne lui avait jamais pardonné — de le
molester en aucune façon.

Cela se comprend : Alexandrewitch Rouvanoff avait été
le favori de son père ; enfant, il avait partagé les jeux de
César, plus tard ses études ; homme, il était devenu son
plus fidèle serviteur, son seul ami peut-être.

Une autre circonstance devait encore resserrer les liens
qui unissaient l'esclave à son jeune seigneur : dans une de
ses terribles chasses aux loups qui se font chaque hiver en
Russie, Alexandrewitch lui avait sauvé la vie.

Ces choses ne s'oublient pas.

Enfin César et Alexandrewitch s'étaient mariés le même
jour dans la chapelle du village. Seulement, l'un épousait
Elisabeth Polotskow, la troisième fille d'un conseiller de la
couronne, l'autre Katrina Parazonoff, l'unique enfant d'un
pauvre batelier.

Laquelle des deux noces fut la plus belle ? il est inutile de
le dire. Laquelle fut la plus joyeuse ? Là, les avis, non plus,
n'étaient pas partagés.

D'abord, aux yeux des moujiks rassemblés devant

l'église, en habits de fête, des fusils, des instruments de
musique aux mains, et dont Nicolas stimulait l'enthou-
siasme à grands coups de poings, parut le cortége seigneu-
rial, fourmillement d'habits noirs, d'uniformes bleus, verts,
gris, brodés, chamarrés d'or, ornés de rubans, de décorations éblouissantes, de robes de soie ou de velours balayant
le sol de leurs longues traînes, et, au milieu de tout cela,
César souriant, rayonnant, Elisabeth, pâle comme un beau
lys dans sa robe de moire blanche, garnie seulement de
frais bouquets d'orangers qui s'étalaient encore — symbole
de pureté — dans ses magnifiques cheveux d'un blond
fauve.

Les portes de l'église étaient toutes grandes ouvertes, et
on pouvait voir l'intérieur orné de riches tentures, d'images
éblouissantes d'or et de pierreries, de statuettes vêtues des
plus riches étoffes. Mille cierges brillaient sur l'autel que
surmontait l'image du patron de la Russie — saint Nicolas — peint de couleurs éclatantes sur un fond d'or mat.

Près de l'autel, revêtus de leurs habits sacerdotaux, le
pope et son diacre attendaient.

Tout cela passa rapide comme une vision brillante.
Moins d'une heure après l'église était désertée, et les
fiancés — unis pour la vie — rentraient au château.

Les lumières brûlaient toujours, les riches tentures
s'agitaient encore à la brise qui pénétrait fraîche, embau-
mée par la porte et les grandes fenêtres; le pope et son
assistant n'avaient pas quitté l'autel.

Ainsi l'avait voulu César.

Tout à coup éclatèrent des cris de joie, des détonations d'armes à feu, des accords endiablés, et un deuxième cortège déboucha sur la place.

Ici, pas de robes traînantes, d'habits chamarrés, historiés de plaques et de décorations ; mais des serfs dans leurs longues redingotes tombant jusqu'au genou ou encore drapés dans l'ancienne robe moscovite, le bonnet carré sur la tête, des bateliers en chemisettes de soie éclatante serrées à la taille par une écharpe frangée, coiffés de petits chapeaux de feutre, des femmes portant la jupe courte et la disgracieuse coiffure nationale entouraient deux jeunes gens — Alexandrewitch et Katrina.

L'un et l'autre avaient une mise simple, qui n'excluait pas une certaine élégance. Alexandrewitch portait le costume des paysans aisés, Katrina drapait ses membres gracieux dans un « sarafane » (1) d'un bleu céleste comme ses beaux yeux ; à ses longs cheveux s'enroulait en torsades un long ruban d'un blanc d'argent, qui semblait dire à tous :

— Voilà la fiancée.

Dans la foule on causait des deux jeunes gens ; on vantait leur beauté, leur tendresse mutuelle. L'un rappelait dans quelle circonstance ils s'étaient vus pour la première fois, et ajoutait qu'il avait aussitôt prédit qu'ils se marieraient ; un autre exaltait le magnifique cadeau que le futur — suivant l'usage — avait fait aux moines, la splendeur du banquet qu'il avait offert à ses amis le jour où il avait

(1) Robe sans manche.

« échangé sa bague de promesse contre une des boucles de cheveux de la jeune fille »; un troisième disait que tout cela n'était rien, comparé aux merveilles qui les éblouiraient ce jour-là; tous s'accordaient pour souhaiter aux jeunes époux longue vie, prospérité, nombreuse lignée pour les assister dans leurs vieux jours.

Le soir, les longues fenêtres du château laissaient passer à la fois et les parfums des fleurs et les accords d'une musique savante, tandis que sur la place du village, éclairée par des brandons de paille et des torches de sapin, on dansait aussi au son des chants et des instruments nationaux.

* * *

Quelques années se passèrent, années mélangées de joies et de peines pour les deux couples. Pendant que César, maître de sa fortune par la mort de son père, arrivée quelque temps seulement après son mariage, voyageait en France, Alexandrewitch — orphelin aussi — riche de quelques centaines de roubles trouvés dans le coffre du vieux moujik, avait quitté le village. Actif, industrieux, il fonda à Poltava une petite maison de commerce, qui, grâce à son courage, à sa persévérance, fut bientôt en pleine voie de prospérité.

Tout cela ne s'était pas fait sans récrimination de la part de Nicolas, jaloux du bonheur du serf. Alexandrewitch s'était tu, mais, un beau jour, il montra à l'intendant une lettre de son maître et Nicolas dut céder — mais en promettant de se venger.

Il attendit longtemps. Dans ses rares apparitions sur ses terres, le prince témoignait toujours le même attachement à son ancien compagnon.

Il fallut se soumettre. Dieu, d'ailleurs, semblait favoriser les jeunes époux d'une protection particulière et dont ils surent toujours se montrer dignes. Leur seul chagrin fut la perte de plusieurs de leurs enfants ; de cinq que le ciel leur avait accordé ils ne purent en conserver que deux : Alexis et Serge.

— Inclinons-nous sous la main qui nous frappe, disait Alexandrewitch. Dieu nous a toujours protégés, pourquoi ne nous éprouverait-il pas à notre tour ? Combien de gens envieraient notre sort ?...

On se demande sans doute pourquoi César, qui avait affranchi Nicolas, n'avait pas agi de même avec son ancien ami. Hélas ! il faut le dire, à la honte de l'espèce humaine, un peu d'orgueil se mêlait à l'attachement qu'il ressentait pour lui. Vingt fois Alexandrewitch avait offert de se racheter, et, toujours, César avait répondu :

— De quoi te plains-tu ?... N'es-tu pas libre ?... T'ai-je jamais contrarié en quoi que ce soit ?...

— Non, mais ce que tu n'as pas fait, d'autres peuvent le faire, avait répondu Alexandrewitch.

— Laissons l'avenir à Dieu. Quand l'heure sera venue, je te rendrai ta liberté, puisque tu rougis de m'appartenir — si faiblement que ce soit.

Il parlait sincèrement et était décidé à tenir sa parole.

En attendant, il était fier de son serf et ne manquait jamais de le citer comme un exemple à ses amis.

Peut-être Nicolas l'entretenait-il secrètement dans ces intentions ?

Le temps fuyait toujours, semant avec une égale indifférence les joies et les douleurs, les douleurs, surtout. Alexandrewitch fut encore cruellement éprouvé ; Dieu lui enleva sa femme, la douce et pieuse Katrina. Alors, sinon consolé, du moins résigné, il se consacra tout entier à ses enfants et résolut d'en faire des hommes.

Une grande différence de caractère existait entre les deux enfants. Plus âgé de dix ans que son frère, Alexis était sobre, courageux, plein de droiture naturelle. Une solide éducation, des lectures sérieuses, une grande habitude de la réflexion développèrent ces bonnes dispositions : à vingt ans, Alexis était un homme dans toute l'acception du mot.

Il se savait serf et n'en rougissait pas. Seulement, le souvenir de toutes les hontes, de tous les affronts infligés sans cesse à ses frères empourprait son front d'une généreuse indignation. Il rêvait le relèvement de cette race plus méprisée que celle des parias ; il voulait que — un jour — le voyageur surpris put rencontrer des hommes là où, autrefois, il n'avait vu que des esclaves.

C'était déjà un révolutionnaire, mais un révolutionnaire pacifique, n'attendant rien des émeutes, des effusions de sang qui, toujours, ne réussissent qu'à resserrer plus étroitement la chaîne qui détient l'opprimé. Il ne voulait triompher qu'avec ces deux armes :

Le progrès, l'instruction...

— Quand le peuple russe sera instruit, quand il aura appris à penser, disait-il souvent, il sera mûr pour la liberté!... Cette heure est inévitable; elle avance à grands pas comme tout ce qui est juste, nécessaire... Mais que de crises d'ici là!...

Quoique bien jeune encore, le précoce penseur savait se faire comprendre. Convaincu, enthousiaste, il possédait la foi « qui soulève des montagnes »; il savait merveilleusement faire accepter ses idées, même des plus sceptiques.

Une telle conduite n'était pas sans danger : Alexis devenait une personnalité gênante qu'il fallait supprimer. Une basse vengeance de « stanovoï » (1), la haine que Nicolas portait à tout ce qui, de près ou de loin, tenait à Alexandrewitch en profitèrent, et, un matin, Alexis se vit désigné pour faire partie du petit contingent d'hommes que le domaine de César devait à l'armée.

Le jeune homme partit sans trop de regrets. Il ne lui déplaisait pas de courir un peu le monde. Tour à tour il combattit en Crimée, en Asie, dans le Caucase. Sa bonne conduite, son instruction solide lui valurent un prompt avancement; mais, sans naissance, sans fortune, il ne put arriver aux grades supérieurs, apanage exclusif de la noblesse.

Des infirmités contractées dans ses campagnes, peut-être

(1) Chef de police.

le désir d'être libre le décidèrent à quitter le service; il avait alors le grade de major.

Serge, lui, formait le plus saisissant contraste avec son frère; nature indolente, pâte molle et se façonnant à toutes les empreintes, il n'estimait la vie que pour la somme des jouissances et des honneurs qu'elle peut procurer. La fortune était son idéal, et pour l'atteindre il eut tout sacrifié. Malheureusement son énergie morale répondait peu à ces vastes aspirations d'orgueil et d'ambition, et, quand il se sondait courageusement, il voyait, avec effroi, qu'il était condamné à toujours végéter.

Cependant, bien des faits s'étaient passés pendant que grandissaient les enfants. Complètement ruiné par le jeu et le luxe, César se vit forcé de vendre ses domaines. C'est à peine si le prix qu'il en tira put combler le gouffre creusé sous ses pieds par une vie de folles prodigalités, et l'antique demeure des princes Doubloskine passa dans les mains d'un policier ennobli et enrichi.

Dès le premier jour, Nicolas et lui s'entendirent à merveille.

Dès lors la vengeance de l'intendant fut assurée. Il insinua à l'ex-attaché de la « troisième section » combien il serait ridicule de laisser Aléxandrowitch jouir en paix de la fortune qu'il s'était acquise par son travail, et, comme, à cette époque, tout ce que possédait le serf était de plein droit la propriété de son seigneur, l'ex-policier ne se sentait que trop disposé à suivre les conseils de Nicolas.

—C'est une mine d'or que cette homme, disait l'intendant

en se frottant les mains ; ne craignez pas d'en voir le fond, elle est inépuisable... Ce serait d'ailleurs un mauvais exemple pour tous que de voir cet homme marcher de pair avec vous... voyez, haute noblesse, où cette folie a conduit César Doubloskine ?

La « haute noblesse » sourit, et la ruine du serf fut résolue.

Cela ne fut pas long. Sous un prétexte ou sous un autre, — et Dieu sait s'il en manquait ! — Nicolas puisa sans mesure dans les coffres d'Alexandrewitch, le menaçant s'il se plaignait de le ramener à la glèbe.

La situaton devint bientôt intolérable pour le malheureux négociant : plus qu'à moitié ruiné, il se vit forcé de suspendre ses affaires.

Nicolas alors lui insinua l'idée de se racheter. Le malheureux saisit avec joie cette planche de salut, mais quand il fallut se libérer, il vit avec stupeur que les débris de sa fortune y suffiraient à peine.

Pourtant, il n'hésita pas.

— Qu'importe ! dit-il. Je suis ruiné ; mais mes fils ne pourront m'accuser... Je leur laisse le plus magnifique héritage qu'ils puissent rêver... la liberté...

Moins d'un an après parut l'ukase, à jamais célèbre, qui affranchissait tous les serfs.

Alexandrewitch ne survécut pas longtemps à ce jour radieux ; il succomba bientôt miné par la douleur.

C'est alors que Serge quitta Poltava et vint se réfugier à Saint-Pétersbourg où Alexis tenait garnison. Grâce à sa recommandation, il entra comme comptable d'abord, puis comme caissier dans la maison de banque Ivan Matro-wischt et Cie.

Deux ans après, il épousait la fille d'un modeste employé, Wasilika, et se fixait dans la petite maison où nous avons introduit le lecteur.

Presqu'au même instant Alexis quittait le service, et s'établissait aussi à Saint-Pétersbourg, vivant sans gêne, grâce à une petite fortune péniblement amassée, à sa pension de retraite et à quelques travaux littéraires, articles de journaux, traductions de romans français et anglais que lui payait un libraire de la capitale.

Et maintenant que nous avons brièvement résumé ces faits nécessaires pour comprendre ce qui va suivre, nous allons rejoindre nos personnages, et nous lancer avec eux dans cette série d'aventures que nous nous sommes promis de raconter.

IV

Nous avons laissé Alexis et Wasilika se dirigeant, en
compagnie de Grégory Michaëlanoff, vers le bureau de
l'inspecteur de police du quartier.

C'était un personnage important que Wladimir Pétrozanief, une sorte de mastodonte énorme, rouge de poil et de
figure, sanglé comme un hippopotame dans son uniforme,
et portant une paire de lunettes bleues, dont il n'avait nullement besoin, mais qui lui permettait de dissimuler l'acuité
de son regard perçant comme une lame d'épée.

Wladimir Pétrozanief n'avait pas toujours occupé ces
hautes fonctions. C'était un ancien militaire; mais, sans
naissance, sans fortune, il ne pouvait que croupir dans les
grades subalternes, quand l'idée lumineuse lui vint de se
consacrer tout entier à la police. L'avenir prouva qu'il avait
bien calculé, car, sa place d'inspecteur, outre la considération, une brochette bien garnie de décorations, lui rapportait plus qu'un commandement en chef.

Grégory laissa les deux prisonniers — nous pouvons leur donner ce nom — dans une petite antichambre, sale, étroite, garnie de bancs recouverts en cuir, et pénétra dans le bureau du redoutable fonctionnaire.

Assis ou plutôt enfoui dans un vaste fauteuil devant un bureau chargé de papiers, de journaux, de brochures saisis peut-être dans une imprimerie clandestine, Wladimir écoutait la déposition d'un moujik sur un crime commis la veille.

—C'est bien, laisse-nous, fit-il en reconnaissant son agent favori ; si j'ai besoin de toi, je te ferai chercher. Va.

Heureux d'en être quitte à si bon marché, le moujik — un Kalmouck puant le suif et le vodki — se confondit en salutations et gagna lestement la porte, non sans recevoir entre les deux épaules, un formidable coup de poing de Grégory, qui trouvait plaisante cette manière de congédier les gens.

— Eh bien ! fit Wladimir en se tournant vers son agent ; l'affaire ?...

— Est bâclée, votre haute noblesse, répondit Grégory en déposant sur le bureau de l'inspecteur les papiers saisis chez Wasilika, mais pas les roubles qui, paraît-il, avaient une autre destination.

— Ainsi ce Serge Rouvanoff est arrêté ?...

— Nous sommes arrivés trop tard, votre haute origine, répondit d'un ton piteux, et en courbant les épaules, Grégory Michaëlanoff.

Wladimir frappa avec force sur le bureau qui en gémit lugubrement.

— Que dis-tu alors, animal ? s'écria-t-il.

Alors le policier raconta longuement son odyssée, tout en ayant soin de l'entremêler de « haute noblesse », « haute origine », à l'adresse de son patron dont il connaissait la colère par trop démonstrative.

— Rien à faire, dit Wladimir avec un soupir de phoque quand son agent, plus courbé qu'une gaule brisée, eut fini sa narration. Le coquin file en ce moment vers Kœnisberg ou Dantzik, à moins qu'il ne se soit embarqué à Cronstatd. Ivan Matrowischt pourrait bien en être pour son argent.

— Il a pourtant promis une prime à qui rattrapera le voleur ? hasarda timidement Grégory.

— Oui, quatre mille roubles ! répondit Wladimir avec un nouveau soupir, car les trois quarts des primes gagnées par ses agents lui revenaient de fait sinon de droit.

— Nous avons les autres, risqua Grégory.

— Quels autres ?...

— Alexis Rouvanoff, son frère, et Wasilika, sa femme.

Et en quelques mots rapides, complétant son rapport, Grégory raconta comment — ne pouvant mettre la main sur Serge — il avait cru prudent de s'assurer d'Alexis et de Wasilika.

Il n'acheva pas. Brusquement Wladimir Pétrozanief s'était levé, et, la face convulsée, les mains crispées, arpenta l'étroite pièce avec des rugissements de fauve encagé.

— Tête de buse !... face de kalmouck ! animal ! s'écria-t-il, mâchonnant les mots et les accompagnant de roulements d'yeux furibonds.

Grégory Michaëlanoff plia humblement les épaules craignant une tempête de coups.

Mais déjà, Wladimir s'était calmé.

— Ane, reprit-il, ne comprends-tu pas que par eux nous
le tenions ?... Supposons qu'ils soient ses complices — il faut
toujours supposer cela — leur premier soin est de rejoindre le fugitif; nous, nous les filons, et leur retraite connue
nous faisons une demande d'extradition, nous leur mettons
la main sur le collet, et la prime est gagnée ! — Comprends-
tu cela, tête de buse ?...

Grégory fut frappé de la haute intelligence de son patron.

— Je suis un âne, votre haute noblesse, un chien ! dit-il
avec une humilité admirablement feinte. Mais tout peut se
réparer.

— Tu crois, animal ?

— Rien n'est plus simple, votre haute origine. Vous ne
les avez fait appeler que pour un simple renseignement.
Rejetez hardiment tout sur moi, adressez leur des excuses,
qu'ils soient sans défiance, et nous les tenons...

— Allons, daigna répondre Wladimir, ce n'est pas trop
mal raisonné pour un âne ! Fais-les venir.

Grégory avait déjà ouvert la porte donnant sur l'antichambre, où, libres en apparence, mais en réalité étroitement surveillés, à travers un grillage, par deux policiers
enfouis comme dans des guérites dans leurs grandes capotes grises, Alexis et Wasilika attendaient.

— Venez, dit Grégory avec un air obséquieux qui contrastait étrangement avec son arrogance du matin.

Appuyés l'un sur l'autre, Alexis et Wasilika franchirent le seuil redoutable.

L'inspecteur s'était remis à son bureau et taillait un crayon, lentement, d'un air profondément indifférent.

— Approchez sans crainte, dit-il au bout d'un moment. Je ne réclame de vous que quelques mots d'éclaircissement. Vous n'êtes nullement accusés, et cette brute de Grégory a mal compris mes ordres ; il sera puni. Sous la justice équitable et bienveillante de notre père à tous, le Czar, le coupable seul doit trembler.

Ce petit discours débité d'une voix pâteuse, Wladimir se tourna vers les prisonniers.

— Aviez-vous connaissance des projets de Serge Rouvanoff ? demanda-t-il.

— Non, répondit Alexis sans hésiter.

— Non, dit Wasilika d'une voix moins ferme, mais assurée pourtant.

— Vous le jurez ?

— Sur les « saintes Images !... » Sur la vie sacrée du Czar !...

— Bien, je vous crois ! Maintenant, connaissez-vous sa retraite.

— Nous l'ignorons ! dirent-ils.

Wladimir Pétrozanieff écrivait au fur et à mesure ses questions et les réponses des inculpés.

— Bien, dit-il encore, vous pouvez vous retirer ; si besoin est, je vous ferai chercher.

— Tu ne me trouveras pas, Wladimir Pétrozanieff,

répondit Alexis d'une voix sombre. Moi aussi, j'ai une tâche à remplir.

— Que veux-tu dire ? fit l'inspecteur tout oreille.

— Que je ne veux pas que la honte et l'infamie déshonorent le nom de celui qui fut notre père... Qu'il faut que l'argent du vol soit restitué, le coupable puni...

— Tu livrerais ton frère ? s'écria Wladimir, mais sans étonnement, un policier — un policier Russe surtout — ne s'étonnant de rien.

— Non, je le conjurerai seulement de penser à sa femme, à ses enfants, à moi... de ne pas traîner dans la boue le nom sans tâche qui lui a été légué... Pour le reste, Dieu est là ; il m'inspirera...

— Tu es homme à te mettre à sa poursuite ?... Tu sais donc où il est ?

— Fallût-il parcourir la terre entière, je le découvrirai.

Wladimir Pétrozanieff et Grégory Michaëlanoff échangèrent un regard rayonnant. Pour eux le doute n'était plus possible : Alexis connaissait le lieu où s'était retiré son frère ; il voulait le rejoindre, partager avec lui l'argent de l'infamie, et, par un machiavélisme inouï, il colorait encore son dessein d'une fausse indignation.

On y mettrait bon ordre...

— Veux-tu un passeport pour voyager librement dans tout l'empire ? demanda Wladimir à Alexis.

— C'est inutile, je saurai m'en passer, répondit le major qui flairait un piège et se repentait déjà d'en avoir trop dit.

— Tu joues gros jeu...

— Dieu sera avec moi.

— Va donc, et bon succès !...

Alexi se garda bien de parler du pillage de la petite maison. Il connaissait trop bien les lois de son pays pour ne pas comprendre qu'une pareille réclamation resterait sans effet, ou, plutôt, ne lui susciterait que des désagréments. Il salua Wladimir Pétrozanioff, honora à peine Grégory, courbé comme un arc, d'un regard dédaigneux, et sortit soutenant la marche tremblante de Wasilika.

Quand le bruit de leurs pas se fut éteint au fond de l'antichambre, l'inspecteur et son agent échangèrent un nouveau et triomphant regard.

— La bête a donné en plein dans le panneau, votre haute noblesse, dit Grégory en ricanant.

— Je vais faire un rapport sur cette affaire, afin d'avoir nos coudées franches, ajouta Wladimir. Toi, tu fileras le major, et que pas une de ses actions ne t'échappe.

— Et s'il quitte Pétersbourg ?

— Tu le suivras. Arrange-toi pour n'être pas reconnu. Tu me tiendras au courant par des lettres fréquentes et détaillées.

Et il le congédia d'un geste.

— Mais hasarda timidement l'agent, comme s'il était en faute ; il me faut de l'argent.

Wladimir éclata de rire.

— La prime peut être portée à six mille roubles, dit-il, et il t'en reviendra bien la moitié. Pour le reste, tu n'as pas été sans trouver chez Serge Rouvanoff de quoi sub-

venir à tes premiers frais. Cependant je t'accorde trois
cents roubles ; mais c'est tout ce que je puis.

Heureux de ces paroles qui légitimaient pour ainsi dire
son vol, plus heureux encore des trois cents roubles sur lesquels — à vrai dire — il ne comptait pas, Grégory multi-
plia les saluts et les génuflexions et sortit, courbé en deux
et à reculons, comme s'il quittait le temple d'une divinité.

* * *

Brisés, anéantis, Alexis et Wasilika avaient regagné la
petite maison.

En dépit de tant de preuves palpables, de tant d'indices
accablants, la pauvre femme se refusait de croire à la triste
réalité... Serge, son mari, le père de ses enfants, ne pouvait être coupable.

— Non, disait-elle, se débattant avec énergie contre
l'évidence ; tout l'accable, mais il n'est pas coupable.

— Je voudrais te croire, murmura Alexis qui, d'un œil
humide, contemplait la chambre bouleversée, mise au pillage ; oui, je voudrais te croire, malheureusement le doute
n'est plus possible : Oh ! il m'en coûte de le dire... Ce jour
m'a vieilli de dix ans! Serge, celui que j'aimais le plus au
monde, Serge n'est plus à mes yeux qu'un voleur, un
infâme!... Que mon père lui pardonne du fond de sa
tombe, ajouta-t-il avec l'accent d'une froide détermination ;
moi, je ne lui pardonnerai jamais ma honte...

— Ta honte n'est-elle pas la mienne? s'écria Wasilika
indignée. Ne rejaillira-t-elle pas un jour sur nos enfants?

Et pourtant je lui pardonnerai... Oui, je lui pardonnerai tout... même l'infâmie !...

— Tu parles ainsi parce que tu ne vois pas plus loin que ton amour, pauvre femme... Oh! je ne t'en blâme pas ! Tu souffres et tu pardonnes... Dieu aussi a souffert, et pourtant il pardonna à ses bourreaux... Tu juges avec ton cœur ; moi, j'écoute la voix du devoir... de l'honneur...

Elle ne répondit pas.

— Mon plan est tout fait, continua Alexis ; je retrouverai Serge et, de gré ou de force, il me livrera le fruit de son infamie. Non, je ne le veux pas, le fils de mon père ne sera pas un vil malfaiteur.

Et sans en demander la permission à Wasilika, il se mit à fouiller parmi les rares papiers abandonnés par Grégory comme n'étant d'aucune utilité.

Wasilika, assise sur le divan, était toujours plongée dans la même et désolante prostration.

Les enfants, Yégor et Dimitri, ne comprenant rien à tout cela, et fort négligés depuis le matin, criaient de faim. Il fallut bien les écouter. Redevenue mère aux souffrances des pauvres petits, Wasilika leur fit servir une maigre soupe aux choux fermentés, appelée « Tschi » et quelques débris du repas de la veille.

Sollicité de prendre part à ce frugal repas, Alexis n'avait pas répondu.

Anina, la vieille servante, vêtue d'un « sarafane » court, étroit dont la taille lui remontait aux épaules et qui laissait passer, à travers de larges échancrures, les manches de toile de sa chemise, ses cheveux gris simplement tordus sur sa nuque, versait de l'eau dans le « samovar » (1) pour confectionner le thé — boisson moscovite par excellence — quand, tout à coup, le major poussa un cri de joie.

Dans un tiroir secret d'un petit bureau, dans le cabinet de Serge, il venait de trouver une carte des deux Russies, et, ce qui lui sauta immédiatement aux yeux, ce fut une ligne, tracée au crayon rouge et allant de Saint-Pétersbourg à la mer d'Okhotsk, c'est-à-dire traversant entièrement la Russie d'Europe et la Russie d'Asie.

— Je comprends ! murmura-t-il, Serge est fin ; il s'est dit que, fuyant dans n'importe quel état Européen, il ne tarderait pas à être extradé... Tandis que, suivant la route asiatique, il ne craint rien... absolument rien... il peut gagner soit la Chine, soit le Japon, et, là, s'embarquer pour l'Amérique. Un tel voyage est prodigieux, insensé, pourtant il a réussi (2).

Et la tête ensevelie dans ses deux mains, il réfléchit longtemps.

Enfin, comme prenant une résolution soudaine, il se leva en disant :

— C'est cette route que je prendrai...

(1) Bouilloire de cuivre.

(2) La traversée de la Sibérie se fait journellement. Nous ne parlerons — pour appuyer notre dire — que du voyage que fit M. le comte Fé d'Ostiani, de Shang-Haï — Chine, — à Venise par terre — c'est-à-dire traversant entièrement la Russie d'Asie, la Russie d'Europe et l'Autriche. Ajoutons qu'un télégraphe électrique et une route de poste existent : le télégraphe de Saint-Pétersbourg à Nikolaïef, la route de poste d'Ekaterinenbourg à Kiakha, sur la frontière de la Chine.

— Je t'accompagnerai, dit une voix ferme derrière lui.

Il se détourna : c'était Wasilika.

La pauvre femme avait tout entendu.

— Songe aux dangers, à la longueur d'un tel voyage...

— J'irai! dit-elle simplement.

— Songe que nous pouvons échouer...

— J'irai!

— Et tes enfants !...

Il comptait sur ce dernier argument pour terrasser la pauvre femme. En un instant, elle vit ses enfants seuls, abandonnés; elle songea qu'elle pouvait périr peut-être, qu'ils resteraient sans soutien ici-bas, et ses yeux se remplirent de larmes. Mais rejoindre son mari, essayer de le ramener dans le droit chemin, rendre un père à ses enfants, n'était-ce pas son devoir? Et les angoisses de la mère s'effacèrent devant la grandeur de la tâche imposée à l'épouse...

— J'irai! reprit-elle avec force.

Et, essuyant ses yeux rougis, elle ajouta :

— Anina sera une mère pour eux; elle les aime, elle les a élevés. Mais pour entreprendre un tel voyage, il faut de l'argent.

— Nous en aurons; ma petite fortune, mes économies de vieux garçon ne sont-elles pas là? D'ailleurs, fallut-il faire la route à pied que je n'hésiterais pas.

Pour toute réponse Wasilika lui serra la main : ces deux nobles cœurs s'étaient compris.

La nuit venait déjà : tandis que Wasilika, morne,

affaissée, enserrant ses deux fils dans ses bras tremblants, priait aux pieds des « saintes Images ». Alexis, plus calme en apparence, mais cruellement torturé, sortait pour tout préparer pour cet étrange voyage.

— Mon Dieu, murmura alors Wasilika, prenez pitié de nous!... Rendez-moi mon mari... rendez un père à mes enfants!...

V

De Saint-Pétersbourg à Moscou. — Par qui le sommeil
d'Alexis fut désagréablement troublé.

Trois jours après les derniers événements que nous
venons de raconter, c'est-à-dire le 25 octobre 187..., un
droschki, voiture si petite que deux personnes peuvent juste
s'y tenir, stationnait devant une des petites maisons de bois
qui bordent le canal de l'impératrice Catherine.

Assis sur les degrés d'une porte qu'échauffait un pâle
soleil d'octobre, une sorte de rustre, vêtu d'un long cafetan,
qui avait dû être vert jadis, mais qui, pour le présent, n'of-
frait plus qu'une couleur fort discutable, les pieds chaussés
de bottes éculées, un bonnet d'astrakan posé sur sa cheve-
lure en broussaille et se confondant avec une barbe des
plus incultes, semblait attendre en fumant nonchalamment
des cigarettes.

Mais ses yeux, abrités sous une énorme paire de lunettes
vertes, ne quittaient pas le léger véhicule.

Enfin deux personnes débouchèrent d'une allée — un
homme et une femme — et prirent place dans le droschki.
L'homme était vêtu comme un bon bourgeois d'une capote

brune et coiffé d'un chapeau de feutre. La femme, d'une mise plus sobre, personnifiait une petite servante. Mais il était impossible de voir son visage, caché suivant l'usage encore en vigueur dans certaines provinces — où vivent les lois asiatiques, du moins dans la petite classe — par deux mouchoirs l'un posé sur le front, l'autre remontant au-dessus des lèvres.

L'inconnu prêta l'oreille.

— A la gare de Moscou, dit l'homme au cocher.

Celui-ci rassembla les rênes, et, enveloppant son cheval dans les plis de sa terrible lanière, lui fit prendre le grand trot.

— Va, Alexis Rouvanoff, va, Wasilika!... murmura l'inconnu. Votre déguisement est parfait; mais il ne me trompe pas. A bientôt...

Et avisant un istvochik, qui stationnait à quelques pas de là, il lui fit signe d'approcher.

— Tu vois cette voiture, dit-il en désignant le droschki des fugitifs; il faut la suivre.

— Bien, petit père.

Et la deuxième voiture, s'ébranlant, roula bientôt derrière la première.

Un tel espionnage ne pouvait être remarqué dans cette rue que sillonnaient déjà équipages sur équipages. On marche peu en Russie, et les voitures coûtent si peu qu'il faut réellement être dénué d'argent pour s'en passer.

Alexis et Wasilika, confiants dans leurs déguisements, ne se croyaient pas ainsi poursuivis. Ils prirent modestement un billet de troisième classe pour Moscou, et, aux appels retentissants des employés, montèrent en wagon.

Enfin, la locomotive, exhalant un sifflement sonore de ses flancs d'acier, s'ébranla entraînant une longue file de wagons à sa suite.

Un voyage en chemin de fer est tellement dans nos habitudes aujourd'hui, que c'est à peine si on s'en inquiète. Il n'en était pas de même autrefois, il n'en est pas de même aujourd'hui, en Russie, où les voies ferrées sont relativement rares, surtout du côté de la frontière Sibérienne.

Le chemin de fer qui va de Moscou à Saint-Pétersbourg peut passer pour un modèle en son genre. Là, tout semble avoir été prévu pour épargner au voyageur le moindre ennui, la moindre contrariété : fauteuils moelleux, lits de repos, fumoirs, salons avec des revues, des journaux, cabinets avec glaces et toilettes, rien ne laisse à désirer. Comme en Amérique, les wagons communiquent entre eux, et les voyageurs peuvent s'isoler dans leurs compartiments ou se réunir pour bavarder et fumer.

Les autres lignes sont moins bien partagées ; les usages russes y reprennent leurs droits.

Cependant le train filait toujours, bondissant par-dessus les rivières ou s'enfonçant dans de profondes tranchées, aux verstes parcourues s'ajoutaient de nouvelles verstes (1) ; les villes, les villages, les stations disparaissaient avec une vélocité infernale et cédaient la place à d'interminables forêts de sapins, de mélèzes où se cachait parfois l'isba de

(1) La verste équivaut à un kilomètre.

bois d'un pauvre bûcheron, où brillait comme une plaque d'argent posée à plat sur le sol un petit lac, un étang entouré d'une ceinture tremblante de glaïeuls ou de roseaux.

La nuit vint, couvrant la campagne de ses voiles de sombres vapeurs, un calme solennel, un peu lugubre même, planant sur la nature, rompu seulement par les rauques soupirs de la machine, le fracas des roues.

Le lendemain les voyageurs débarquaient à Moscou.

— Allons, dit Alexis en pressant doucement la main de sa compagne toute tremblante, la première étape est franchie; désormais il nous faut marcher, marcher toujours comme le Juif de la légende... Puissions-nous, plus heureux que lui, atteindre le but que nous poursuivons...

— Dieu le veuille! soupira Wasilika.

— Il est encore temps... tu peux retourner à Pétersbourg près de tes enfants. Seul, je suffirai à ma tâche.

— Non, dit-elle; je suis forte; je poursuivrai mon calvaire jusqu'au bout..

Une énergique pression de main fut toute la réponse d'Alexis.

Ils entraient dans la ville par la porte Rouge. Moscou! quel est celui que ce mot laisserait indifférent?... Ne témoigne-t-il pas hautement de nos gloires militaires... de nos revers aussi, hélas!...

Moscou, brûlé en 1812 s'est promptement relevé de ses ruines; mais, par un caprice étrange, les rues, les maisons ont été toutes reconstruites sur le plan primitif, si bien qu'un grognard de la vieille armée n'éprouverait aucune peine à s'y orienter.

La ville sainte, le berceau des Czars n'est qu'un mélange, un enchevêtrement de ruelles étroites, tortueuses, à peine pavées, quelquefois coupées de petites places, et bordées ici de maisons de bois peintes des plus vives couleurs ; là, des palais somptueux aux frontons, aux colonnades de marbres, d'hôtels modernes.

Mais ce qui suffirait à la gloire de Moscou, c'est le Kremlin, une ville merveilleuse comme une création des *Mille et une Nuits*, un fouillis, un entassement prodigieux de clochers svelts et aériens, de dômes, de coupoles plaquées d'or, sur lesquelles glissent et rutilent les rayons du soleil comme pour en faire mieux admirer l'étonnante beauté.

Le Kremlin couvre, de ses constructions étranges, de ses chapelles, de ses palais, une colline entière qu'entoure une muraille épaisse et formidablement crénelée. On ne peut y pénétrer que la tête pieusement découverte.

Après le Kremlin dont la masse imposante étonne plus qu'elle ne frappe, le voyageur visite particulièrement les églises, dédiées à tous les saints du calendrier moscovite, et dont les coupoles dorées se profilent si hardiment sur le ciel bleu, dont les autels resplendissent *d'ex-voto* éblouissant, de peintures entourées de diamants, de pierreries, de bougies toujours allumées. Mais cet éblouissement, cette profusion d'or et de couleurs, cette architecture bizarre fatiguent bientôt et semblent éloigner plutôt que rapprocher de Dieu. On n'y sent pas ce calme, ce recueillement profond,

religieux qui semble planer dans nos plus modestes églises
de campagne, aux autels presque nus pourtant, aux murailles bronzées par les années, aux arca les sombres que
traverse, comme une ligne de feu, un rayon de soleil.

Aussi le voyageur passe émerveillé, mais à peine ému de
toute cette mise en scène qui éblouit le regard, laissant
l'âme indifférente, et va chercher le mouvement, l'agita-
tion, la vie enfin dans les rues, au milieu des places, parmi
les mille bazars de la ville asiatique.

Là, quel contraste! quelle riche moisson de souvenirs
pour l'observateur!... La sève coule, déborde dans ce cara-
vansérail immense où se sont donné rendez-vous tous les
peuples de l'Asie, où s'étalent, s'amoncèlent des échantil-
lons de toutes les industries. Tartares, Kalmoucks, Mon-
gols, Khirgis, Circassiens, Arméniens, assemblés là par
l'amour du lucre, y vivent sans trouble, sans confusion,
suivant chacun les lois, les coutumes, la religion de ses
ancêtres.

* * *

Alexis et Wasilika, comme on le pense, n'étaient pas
venus à Moscou pour admirer toutes ces merveilles. Ce
n'était pas à Moscou, non plus qu'ils avaient l'espérance de
rencontrer Serge. Pourquoi s'y arrêtaient-ils alors? Tout
simplement pour régulariser leur situation.

On ne voyage guère sans passeport en Russie, et sur les
grandes routes, comme dans les stations de chemin de fer,
le moindre fonctionnaire, le plus petit employé a le droit

do vous lo réclamer. On pout, il est vrai so soustraire à cet ennui en exhibant quelques roubles ; mais, pour obtenir des chevaux dans les relais de posto, lo passeport est pour ainsi diro indispensablo.

Laissant donc Wasilika dans uno petite hôtellerio, situéo au bord de la Moskowa — hôtellerio russo s'il en fut avec ses pignons aigus soutenus par des poutres en éventail, sa façado de bois verte et orange, sa cour où croupissaient des charrettes, ses chambres exiguës, et surtout son onseigno : « Aux saintes Images » — Alexis so dirigea vers le bureau de police et s'adressa à l'omployé préposé aux passeports.

Là, il exposa sa demande humblement, comme il convient au « petit monde ». Il raconta qu'il était un pauvro porte-balle arrivant de Kiew, la ville sacre-sainte entre les villes saintes du saint empire ; dit quo, s'étant enivré dans uno « maison à thé », on lui avait volé ses papiers pendant son sommeil. A l'appui de son diro, il montra quelques attestations de police, des images pieuses, des bibelots qui pouvaient passer pour des reliques et dont, nullo part, il no se fait un aussi grand débit qu'à Kiew.

— Est-co tout ? demanda le gratto papier.

— Non, petit pèro, répondit Alexis en montrant un billet do vingt roubles que l'omployé empocha sans scrupulo.

— Ton nom ? demanda-t-il encoro.

— Ivan Nigodinioff, répondit Alexis sans hésiter.

— Tu voyages soul ?

— Non, haute noblesse ; ma sœur, Fœdora Petrowitch, m'accompagne.

— C'est bon.

Assuré d'avoir des passeports, Alexis, ou plutôt Ivan Nigodinieff, puisqu'il lui plaît de s'appeler ainsi, retourna à l'auberge moscovite.

Par un singulier contraste — un de ces contrastes qui n'existent que dans les cités russes — la vieille maison de bois s'appuyait d'un côté contre une église du style byzantin, de l'autre contre un vénérable palais, habité jadis par quelque puissant boyard.

Dans cette hôtellerie modèle, il n'existait naturellement pas de lit ; mais de grandes peaux d'ours étendues sur le plancher les remplaçaient sans trop de désavantage. La table n'était guère plus luxueuse et ne se parait que de mets nationaux : « ischi », bœuf mariné dans du vinaigre, jambon, poisson fumé ; le pain était presque toujours noir ; tant qu'aux boissons : thé, vodki, « kwass » (1), elles coulaient à profusion.

La nuit tombait quand le faux marchand entra. Wasilika l'attendait près de la grande table, assiégée déjà par les rouliers, les colporteurs, les paysans qui devaient partager leur repas.

— Tu as réussi ? dit-elle en courant à lui.

— Oui, tout va bien : j'ai les passeports.

— Dieu soit loué ! fit Wasilika en jetant un regard rapide sur les « saintes Images » qui, là comme ailleurs,

(1) Bière de grain.

s'étalaient dans l'endroit le plus apparent de la chambre.

La société se mit à table. Comme nous l'avons dit, elle était des plus mêlées; aussi, la conversation s'en ressentit, et Wasilika et son frère, se virent forcés de se retirer avant la fin du repas qui menaçait de dégénérer en une orgie véritable.

Alexis reconduisit sa sœur jusqu'à la porte de sa chambre.

— Dors bien, lui dit-il, prie pour *lui*, prie pour nous.

— Dieu m'écoutera, répondit-elle.

Alexis poussa une autre porte et se trouva chez lui.

Ce « chez lui » était une petite pièce située au premier étage et pourtant sous le pignon même du toit. Pour meubles, un banc et une table; pour lit, une grande peau d'ours roulée dans un coin. Les murailles de sapin à peine raboté étaient noires de vieillesse; la petite fenêtre n'avait que des vitres en papier huilé, car le verre coûte cher en Russie.

Alexis s'assit près de la table, et, ravivant la lampe à pétrole, déploya la carte si miraculeusement trouvée.

L'itinéraire projeté par Serge y était nettement indiqué.

— Ce départ devait être prévu depuis longtemps, pensa le major, car cette carte est vieille déjà... Oh! Serge a tout calculé... il sait que cette affaire aura le sort ordinaire: un grand retentissement d'abord, puis l'oubli... Il est réellement fort... l'infâme...

Laissant la carte sur la table, il alluma sa pipe et vint s'accouder sur l'appui de la fenêtre.

La nuit était noire et roulait de sombres nuages; à ses pieds la Moskowa roulait ses eaux glauques que les étoiles plaquaient de lueurs brillantes. En face, quelques vieilles maisons découpaient en noir leurs silhouettes bizarres leurs énormes toits.

Alexis, indifférent à tout, réfléchissait profondément.

Pourtant il était surveillé. A la fenêtre d'une des maisons opposées, un homme se tenait aussi accoudé, une petite lorgnette à la main. Seulement, par mesure de précaution, sans doute, il avait éteint sa lampe, et, protégé par l'ombre épaisse de la nuit, pouvait voir sans être vu.

Au moment où Alexis déployant sa carte examinait l'itinéraire tracé au crayon rouge, il avait tressailli.

— J'en étais sûr; ils sont complices! murmura-t-il. La route que suit Serge est indiquée sur cette carte... Mais a-t-il l'intention de suivre le chemin de fer jusqu'à la mer d'Azof et de revenir en Europe par le Bosphore?... Veut-il au contraire s'enfuir par l'Asie?... Mystère... Oh! cette carte!... cette carte! comment l'avoir?

Et la tête entre les mains, il chercha une inspiration.

Enfin il se redressa en disant:

— J'ai trouvé!...

L'espion attendit un moment: Alexis referma sa fenêtre, et la lumière s'éteignit.

— Laissons-lui le temps de s'endormir, dit encore l'espion.

Une heure, puis deux se passèrent. Minuit sonna lentement. Alors l'espion se déchaussa, descendit sans bruit l'escalier de bois, qui ne cria même pas, et se trouva sur la berge.

5

Il passa la Moskowa sur un de ses nombreux ponts, et s'achemina résolûment vers l'hôtellerie des « saintes Images. »

— Je joue gros jeu, murmura-t-il. Enfin, qui ne risque rien n'a rien ; l'escalade est facile.

Il ne s'agissait, en effet, que de se hisser à la force du poignet sur l'auvent qui protégeait la large porte de l'hôtellerie ; là, en se redressant, un homme de moyenne taille pouvait facilement atteindre l'appui de la fenêtre ; les murs de bois, disjoints, crevassés en maints endroits, la potence de fer qui soutenait l'enseigne étaient comme autant de marche-pieds à voleurs.

— Pas de danger d'être dérangé ? grogna-t-il avec satisfaction.

Et il commença son escalade dangereuse quoique facile, car le moindre faux mouvement pouvait le précipiter sur le sol. En quelques minutes il fut sur l'auvent, qui plia, mais ne se rompit point, et, s'élevant comme sur un trapèze sur la potence de fer, il se trouva de niveau avec la fenêtre.

Déchirer sans bruit une des vitres de papier, faire jouer le taquet de bois qui remplaçait l'espagnolette, sauter sans bruit dans la chambre, tout cela ne fut qu'un jeu pour l'espion.

— Enfin, m'y voilà donc ! pensa-t-il.

Et, promenant sa main sur la table, il sentit la carte qu'il froissa et enfouit précipitamment sous ses vêtements. Mais le papier cria ; Alexis, comme tous les anciens militaires, avait ce sommeil léger, que troublerait le trottinement d'une souris ; il se dressa sur son séant, en disant :

— Qui va là ?

L'espion se garda bien de répondre. Immobile, retenant son souffle, il attendait...

— Qui va là ? répéta Alexis.

Même silence.

N'obtenant aucune réponse, le major allait se recoucher, quand, tout à coup, un clair rayon de lune, perçant les extrémités déchiquetées des nuages, éclaira toute la petite chambre et lui montra l'espion, debout, immobile, près de la fenêtre ouverte.

— Chien !... voleur ! rugit-il.

Il se redressa pour l'appréhender au collet. Plus leste, l'inconnu avait déjà sauté sur l'appui de la fenêtre, et, saisissant à deux mains dans le toit débordant et soutenu par un système de poutres en éventail, il s'éleva avec l'agilité d'un saltimbanque.

Moins d'une minute après, il courait sur le toit.

— Perdu ! murmura-t-il en voyant que la maison s'élevait de ce côté au bord d'un vaste étang à la végétation d'aunes, d'oseraies, de glaïeuls et de roseaux.

La lune, qui venait de se lever, traçait une large raie nacrée sur la surface toute calme de l'étang ; les étoiles qui scintillaient aux cieux s'y miraient comme des flèches de diamant.

Il voulut revenir sur ses pas ; une ombre qui se dressa devant lui, lui barra le chemin.

C'était Alexis qui venait de s'apercevoir du vol dont il avait été victime.

— Il n'est pas trop tard ! s'était-il dit.

Et, se penchant à la fenêtre, il avait vu les jambes de l'espion gigotter dans le vide. Alors, saisissant les poutres, à son tour, il s'était hissé sur le toit.

— Voleur ! dit-il d'une voix sourde.

L'espion se sentit perdu ; une sueur froide mouilla ses tempes ; il tremblait. Sa situation était atroce en effet : devant lui Alexis un revolver à la main ; derrière lui l'étang sinistre et profond... la mort des deux côtés.

— Voleur ! cria Alexis. Dans quel but t'es-tu introduit chez moi ?

— Grâce ! cria l'espion en se reculant instinctivement.

— Rends-moi ce que tu m'as pris...

— Jamais !...

— Eh bien !... meurt donc !...

Et levant son revolver, il visa l'espion.

— Grâce !... répéta celui-ci qui reculait toujours.

— Je te donne deux minutes.

Un silence de mort planait sur cette scène sinistre. L'espion avait un plan : gagner du temps afin de dégager le revolver que, lui aussi, il portait sous ses vêtements.

— Plus qu'une minute ! répéta Alexis d'une voix qui résonna comme un glas funèbre.

— Voilà ! cria l'espion.

Il avait pu dégager son revolver, et, visant rapidement,

il fit feu; le major, en se courbant, put éviter la balle. A son tour, il voulut tirer.

Mais il était trop tard... L'espion était parvenu à l'extrémité du toit. Soudain, il perdit l'équilibre, et tomba dans le vide en poussant un cri affreux.

Puis, l'eau s'ouvrit avec fracas et... se referma.

Et ce fut tout...

Le misérable avait emporté son secret.

— Quel peut-être cet homme?... murmura Alexis tout pensif. Ce n'est pas un voleur...

VI

De Moscou à Nijni-Novgorod. — Zabulon Koslowitch.

Le lendemain le major et Wosilika, munis de passeports valables, dont ils eurent soin, d'ailleurs, de prouver,
aux employés, chargés de les viser, l'authenticité au moyen
de quelques pièces de dix kopecks, prenaient le chemin de
fer pour Nijni-Novgorod — point où s'arrête le dernier
tronçon du railway, courant dans l'est.

L'aventure de la nuit n'avait eu aucun retentissement.
Aussitôt l'espion disparu, Alexis avait bien vite regagné sa
chambre. Les voisins avaient bien entendu un coup de feu ;
mais savaient-ils de quoi il s'agissait ? Etait-ce un assassinat ? une vengeance ?... une exécution nihiliste ?...
C'était à la police de le savoir...

Alexis, pourtant, n'était pas rassuré. Il n'était pas assez
naïf pour croire que cet homme était un voleur ordinaire,
l'enlèvement de la carte le prouvait suffisamment... Qui
donc était-il alors ?... dans la nuit le major n'avait pu le
reconnaître.

— Nous sommes surveillés, pensa-t-il, et cet homme

était un espion... Il va falloir jouer serré... Oh ! si j'étais
seul !... mais avec une femme !...

« C'est égal, cet homme me préoccupe... Est-il mort ?...
A-t-il pu se sauver au contraire ?... Je donnerais beaucoup
pour le savoir.'

— Tu parais soucieux ! lui dit Wasilika.

— C'est que je pense au moyen de le retrouver...

— Le rejoindrons-nous jamais ?...

— Oui, car il le faut !...

Le train filait toujours brûlant les petites localités et ne
s'arrêtant qu'aux stations déterminées. Que de villes, de
villages passèrent devant les yeux des voyageurs !... A
chaque station, il fallait exhiber les passe-ports et les
appuyer toujours — crainte de contestations — de quelques
kopecks ; les bagages aussi étaient fouillés et visités ; par
bonheur pour eux nos amis n'en possédaient pas.

Enfin le train s'arrêta à Nijni-Novgorod, cette ville plus
orientale qu'européenne, ce bazar immense où se vendent
les pierres précieuses, les riches soieries, les plus belles
fourrures pêle-mêle avec de l'ambre, du corail, des parfums, de la poudre d'or, des châles de l'Inde, etc..., etc...;
tout cela arrivé par le Volga, ce fleuve géant qui vient, du
plateau de Valdaï, au sud de Saint-Pétersbourg, se jeter
dans la mer Caspienne après avoir arrosé plus de la moitié
de la Russie; ou venu des frontières de la Chine en traversant toute la Sibérie, de la Perse, de l'Arménie par le Caucase, que sais-je encore !

Là le chameau coudoie le cheval, l'âne le bœuf de somme,

car tous les peuples de l'Asie se donnent rendez-vous aux fameuses foires de Nijni-Novgorod.

Sur le Volga aux flots bleus, c'est un entassement de barques de toutes les formes, de toutes les dimensions, arborant fièrement tous les pavillons, et au milieu desquelles glissent, majestueux, empanachés de fumée, les vapeurs qui desservent les villes riveraines.

Rien n'est plus étrange, plus saisissant que la vue de cette cité cosmopolite dont les maisons affectent toutes les formes, toutes les architectures, depuis la tente de feutre du Khirgis, du Tzigane, du Bohémien nomade, jusqu'au palais le plus somptueux en passant par l'isba de bois; où la mosquée élève ses minarets aériens auprès de la coupole de l'église grecque; où la synagogue se fait humble et petite comme pour passer inaperçue; où l'on voit toutes les couleurs de visages depuis le noir, le rouge, le jaune, jusqu'au blanc, tous les types depuis le Lapon jusqu'au Chinois; où les fourrures se mêlent à la soie, l'or à l'argent, le velours aux guenilles...

Le major et Wasilika avaient accepté l'hospitalité d'un riche marchand de fourrures qu'ils avaient rencontré en chemin de fer. En apprenant qu'ils venaient de Kiew, Nicolaievna Mojaiskoff s'était épris pour eux d'une réelle amitié. Ils avaient vu la ville sainte?... Ils apportaient sans doute des reliques? Wasilika sourit, et offrit à Nicolaievna quelques menus objets qui, réellement provenaient de Kiew, et que, superstitieuses comme toutes les Russes qui croient au mauvais œil, aux influences fatales, elle portait

toujours avec elle... Elle se serait fait un scrupule de tromper un si brave homme.

C'est ici le cas de parler de la vie russe, si différente dans
les deux classes. Si les couches supérieures, les Tschinov-
nicks, copient, à s'y méprendre, les mœurs, les usages,
les modes surtout des autres nations, affectant autant que
possible de dépouiller le caractère national; si les moujiks
vivent dans un abrutissement perpétuel, d'où peuvent seuls
les tirer la crainte du fouet, et l'ivresse du kwass ou du
vodki, la bourgeoisie a ses habitudes à elle, habitudes
plus asiatiques qu'européennes.

C'est ainsi que, dans ces familles, l'autorité du père, de
l'époux est presque sans limite; c'est ainsi que, dans certains districts, les femmes ne sortent que voilées et vivent,
— soumises à une réclusion qui, pour être volontaire, n'en
est pas moins réelle — au fond de leurs demeures somp-
tueuses, entourées de leurs chambrières, de leurs enfants·
sans jamais se montrer aux regards de l'étranger.

Là, les mœurs sont toutes patriarcales et semblent n'avoir
pas changé depuis des siècles : l'hospitalité est encore une
vertu.

En sera-t-il de même dans quelques années encore?

Nicolaïovna Mojaïskoff avait présenté Wasilika — mais
pas Alexis — à sa femme et à ses filles. Puis il revint près
du major qu'il avait laissé en compagnie d'une bouteille
d'eau-de-vie et d'excellents cigares.

— Ton intention est-elle de t'arrêter à Nijni-Novgorod?
lui demanda-t-il en remplissant les verres.

—Non, répondit Alexis d'une voix sombre, des intérêts puissants m'appellent à Ekaterinenbourg.

— Intérêts de commerce ?

— Oui.

— Repasseras-tu par ici ?

—Sans doute.

—Laisse-nous ta sœur alors. Nous l'aimerons, ma femme et moi, comme une fille véritable.

— C'est impossible, Nicolaievna. Je ne t'en remercie pas moins de ton offre ; mais je ne puis l'accepter.

— C'est un long voyage pour une femme.

— Dieu lui donnera la force de le supporter.

Au nom vénéré du Seigneur, Mojaiskoff se signa ; puis il reprit :

— Tu as des préparatifs à faire ; il te faut une téléga (1).

—J'ai compté sur toi pour m'aider, frère.

—Tu as bien fait, frère.

Après le souper — souper tout moscovite que les deux hommes partagèrent seuls —Nicolaievna fit appeler Wasilika, et tous trois se rendirent chez Zabulon Koslowitch, le colporteur, un des plus riches Israélites de la ville, et qui en habitait la maison la plus misérable.

— Laisse-moi faire, frère, dit Nicolaievna en entrant ; sans cela, il te volerait de deux cents pour cent.

— Je remets mes intérêts entre tes mains. Fais pour le mieux.

Ils pénétrèrent dans une chambre mal éclairée par des

(1) Voiture.

petites fenêtres aux vitres rondes et que défendaient encore
de solides barreaux de fer. La chambre, un magasin sans
doute, était encombrée des objets les plus disparates, pelle-
teries précieuses, tableaux, étoffes de laine et de soie bro-
chées d'or et d'argent, à côté d'objets qu'on eut dit emprun-
tés à la friperie.

Le Juif n'était pas seul; à l'entrée des voyageurs, il
causait avec une jeune fille — une enfant presque — d'une
beauté ravissante, que relevait encore un de ces riches cos-
tumes asiatiques, comme en portaient les femmes juives au
temps de Salomon peut-être.

C'était Sarah, sa fille.

Mais déjà la gracieuse apparition s'était évanouie.

Zabulon Koslowitch était peut-être le plus laid échantillon
de sa race; le nez et le front d'un Tartare, la peau jaunie,
les yeux petits, mais pétillants d'astuce, la lèvre grimaçant un sourire éternel, tel était le bonhomme. Ajoutons
encore qu'il était enveloppé dans un cafetan crasseux et
graisseux dont les extrémités s'effiloquaient en barbe d'écre-
visse, qu'il portait un chapeau castor et des bottes qui
avaient dû appartenir à un chevalier-garde, et nous n'aurons plus rien à dire.

Il commença par s'informer du motif qui amenait près
de lui, les « nobles étrangers. »

—Trêve de paroles, lui dit Nicolaievna. Ces voyageurs
ont encore une longue route à faire et voudraient acheter
une téléga; en as-tu a vendre ?

—Sans doute, sans doute, répondit Zabulon. Je n'en ai

pas à moi, mon commerce est si peu étendu !... Cependant
je crois me souvenir qu'on m'en a donné une à vendre...

— Voyons.

Le juif, courbé jusqu'à terre — il se serait aplati pour
gagner un kopeck ! — ouvrit une porte donnant sur une
allée infecte, et conduisit les voyageurs dans une cour, où,
sous un hangar, se trouvaient, pas un, mais dix des
véhicules en question.

Pendant une heure il parla, invoquant tour à tour
Jehovah et les prophètes, faisant remarquer la solidité de
la caisse, la bonté des ressorts, l'imperméabilité du cuir,
discutant kopeck par kopeck le prix avec Nicolaïevna.

Enfin, volé, piraté, écorché — il le prétendait quoiqu'il
gagnât au moins cent pour cent sur son marché — il céda.

— Cette téléga est la pareille de celle que j'ai vendu, il y
a trois jours à un noble étranger, dit-il; mais, aujourd'hui,
je fais un véritable marché de dupe. Que le Dieu d'Abraham
m'assiste! encore une affaire comme celle-là, et je suis
ruiné !...

— Il a passé un étranger ici, il y a trois jours? dit
Wasilika vivement. Quelle route suivait-il?

— La route de Kazan, Sarapoul, Perm.

— C'est lui!

Subitement Zabulon s'était tu; son flair lui disait qu'il
y avait quelque chose à gagner.

— Voyons, dit Alexis en le saisissant par le revers de
son cafetan, parle. Cet homme, comment était-il?... Grand,
petit?... Brun, blond?... mais parle...

— Ma pauvre vieille cervelle n'a pas pu garder tous ces détails.

— Il était grand, n'est-ce pas ? reprit le major en mettant un rouble dans la main de Zabulon.

— Oui.

— Blond ?

Le Juif ne répondit pas ; Alexis lui mit un nouveau rouble dans la main, et il dit :

— Brun.

— Tiens, reprit Alexis que toutes ces lenteurs impatientaient ; voilà un billet de vingt roubles : dépeins-nous cet homme.

Palpant d'une main fiévreuse le précieux chiffon de papier, pendant que son petit œil s'allumait de convoitise, Zabulon parlait avec une extrême volubilité. Le signalement se rapportait assez bien à Serge, sauf que le Juif le dépeignait brun de barbe et de visage.

Mais une dernière preuve, plus convaincante que tout le verbiage du Juif, allait apprendre aux voyageurs qu'ils n'avaient pas fait fausse route.

En retournant dans le magasin, le regard de Wasilika s'arrêta machinalement sur un petit étui à cigares en écaille ou en imitation d'écaille, déposé sur une table. Elle poussa un cri : cet objet appartenait à Serge ; c'était elle qui le lui avait donné.

Brusquement elle s'en empara pendant que Zabulon, qui, défiant comme tous les Juifs, s'imaginant qu'on voulait le voler, s'élançait pour le lui retirer.

— Cet objet a été laissé chez toi par ce voyageur, dit-elle.

— Non, gémit le Juif, je l'ai acheté.

— Tu mens!... D'ailleurs, ne crains rien, on te le paiera.

— Je crois me souvenir que le voyageur l'a oublié, répondit Zabulon ; mais je n'en jurerais pas le nom trois fois saint du Seigneur !...

Alexis sourit, et jetant un rouble dans la main du mécréant, qui s'en empara en criant qu'il était dépouillé, ruiné, il prit le bras de Wasilika, en disant :

— Ce brave Dimitri Oulgine!... C'est bien lui!... si nous pouvions le rejoindre et voyager avec lui jusqu'à Perm ?...

— Un instant, interrompit Zabulon ; il vous faut un cocher.

— Sans doute.

— Ne vous en inquiétez pas ; j'ai votre affaire.

Les voyageurs sortirent pendant que Zabulon, un œil pleurant, l'autre riant, gémissant par habitude, courait enfouir au fond d'un coffre immense les roubles qu'il avait eu si peu de peine à gagner.

— Imprudente! disait Alexis à Wasilika, tu pouvais nous perdre, car tout Juif est doublé d'un espion...

Le lendemain, de grand matin, une téléga, attelée de deux vigoureux chevaux fournis par la poste, attendait devant la maison de Nicolaievna Mojaiskoff.

Le cocher, enveloppé jusqu'aux pieds dans un énorme cafetan brun, serré à la taille par une ceinture à boucle de cuivre, un bonnet fourré rabattu sur ses yeux, sa barbe et ses cheveux incultes lui cachant la moitié du visage, attendait son fouet dans sa manche.

— C'est toi qui es l'istvochik ? lui demanda Alexis pendant que Nicolaievna et ses serviteurs bourraient la voiture de provisions indispensables pour un long voyage, car les auberges russes sont si bien fournies que ce serait duperie d'espérer y trouver autre chose que les mets grossiers dont se contentent les moujiks.

— Oui, petit père, répondit le personnage interpellé !

Au son de cette voix, Alexis tressaillit comme désagréablement frappé.

— Où donc ai-je entendu cette voix ? se demanda-t-il.

Et il dévisagea l'istvochik, sans pouvoir mettre un nom sur cette face bestiale.

— Je me serai trompé ! murmura-t-il.

Tout était prêt pour le départ. Nicolaievna avait bourré les caisses de la voiture de poissons et de jambons fumés ou confits dans de la gelée, de « vareniches » (1), de kalatchs, sans oublier une petite provision de sucre, de thé et de vodki ; il serra cordialement la main de Nicolas, s'inclina devant Wasilika, et, appuyé contre sa porte, la pipe à la bouche, les bras croisés sur sa poitrine, les salua encore d'un :

— Allez avec Dieu !...

Déjà l'istvochik avait saisi les rênes, et, fouettant ses chevaux, les lança à travers les rues étroites et tortueuses, avec

(1) Petits fromages.

cette témérité insouciante du cocher russe, le plus adroit du monde.

Les voyageurs étaient partis...

La route suivait la rive gauche du Volga aux flots d'un éternel azur, aux berges basses ici, s'élevant là et bordées de saules, de trembles et de peupliers. Quelques barques de pêcheurs passaient, nonchalantes, emportées plutôt par le courant que par leurs longues voiles qui battaient, inertes, le long des mâts. Parfois un chant s'élevait, modulé sur ce rhythme lent, monotone, qui semble particulier aux poésies du nord. De grands troupeaux de bœufs conduits par des enfants en haillons entraient jusqu'au poitrail dans le fleuve, absorbant avec bruit l'eau qui découlait de leurs naseaux ouverts; des vols de pigeons, de sarcelles, de canards sauvages se poursuivaient avec de grands battements d'ailes dans les cieux immenses.

Le soleil, chaud encore, prêtait ses magiques couleurs à ce paysage beau de calme et de placidité, et ses rayons, irradiant les flots, s'accrochant à la cime des arbres, des isbas étranges, avaient l'air de l'enlacer dans un dernier et long embrassement, car l'hiver allait venir.

— Quel calme ! disait Wasilika, tandis que la téléga roulait sans bruit sur les feuilles desséchées, et, dans mon âme, que de tempêtes !...

— Confiance, lui répondit Alexis, confiance, nous réussirons. Ne sommes-nous pas sur la voie ? Hier encore un hasard que je qualifierai de providentiel, ne nous a-t-il pas fourni le seul indice qui nous manquait ?...

— Tu as raison, répondit Wasilika en considérant l'humble bibelot qu'en des temps plus heureux elle avait donné au coupable. C'est une vraie bénédiction pour nous de nous être arrêté à Nijni-Novgorod.

— Chut! fit Alexis, ou parlons français; l'istvochik nous écoute.

Sans savoir pourquoi, il se défiait de cet homme.

La voiture roulait toujours avec un grand bruit de sonnettes, et les voyageurs retombèrent dans leurs tristes pensées.

Cette partie de la Grande-Russie confine aux provinces d'Oural, dont les sombres massifs géants se dressent bien au-delà comme une barrière naturelle entre l'Europe et l'Asie. Le Volga et ses affluents l'arrosent. Tout le cours supérieur du fleuve est accidenté, couvert de collines et d'épaisses forêts de chênes, de hêtres, de bouleaux, de sapins; on y voit des villes, des villages, tandis que au-delà du Volga inférieur, c'est la steppe avec sa désespérante et éternelle végétation de hautes herbes qui abritent, comme autant de ruches, les tentes des Tartares, des Khirgis, des Tziganes nomades.

Le soir on s'arrêta dans un grand village, qui entourait jadis une habitation seigneuriale, et dont les paysans émancipés s'étaient réunis et avaient formé une de ces associations campagnardes, connues sous le nom de « Mirs. »

Aujourd'hui le seigneur, ruiné par l'abolition du servage, qui lui avait pris ce que le jeu et les Juifs avaient épargné, végète dans quelque gouvernement du Caucase, et le châ-

6

teau est devenu la propriété du « Startchina » (1) — son ancien intendant — qui possède à lui seul la moitié du village.

A première vue, il semble que les bienfaits de l'émanci-
pation aient peu profité aux pauvres « moujiks », aussi
sales, aussi misérables que par le passé. Ne craignant plus
le fouet, n'étant plus forcés de travailler pour le maître,
ils s'endorment dans une oisiveté malsaine et nonchalante,
heureux s'ils peuvent avoir à discrétion leur tschi, leur
kwass, leur pain noir et leur pipe.

Car le paysan russe est encore asiatique de mœurs et de
caractère. Esclave hier, il n'apprécie la liberté que parce
qu'elle lui permet de donner libre carrière à ses instincts
de paresse. Il est rare qu'un moujik se préoccupe, comme
le dernier paysan de France, de l'avenir, de s'assurer, par
le travail, une aisance relative. Boire, manger, dormir,
voilà son idéal à lui.

Aussi, regardez leurs isbas aux murailles disjointes et
laissant passer la froidure et la neige. Autour du poêle
énorme, qui, la nuit, sert de lit commun, toute la famille
est réunie. Le père, les cheveux et la barbe inculte, l'œil
vague comme si la pensée ne pouvait s'y refléter, son touloupe de peau de mouton sur ses larges épaules, fume sans
proférer une parole; la mère, que son costume distingue à
peine d'un homme, file dans un coin, jetant de temps en
temps un regard sur les « saintes Images », seul luxe du
taudis; les enfants jouent, courent, se vautrent dans la
boue et le fumier.

(1) Maire ou chef de l'association agricole, appelée « mirs »

Parfois un jeune homme, une jeune fille, à peine sortis de l'adolescence, étonnent dans ce triste intérieur.

Mais qu'un bohémien, montreur d'ours ou chanteur, paraisse sur la place, qu'une voiture se montre ou qu'une procession de dévots pèlerins se rendant à quelque monastère fameux traverse l'unique rue du village ; alors chacun s'agite, s'émeut ; les jeunes filles babillent, les hommes rient ou se signent, les enfants crient, bref, tout est en révolution.

Le soir, c'est l'auberge qui a le pouvoir d'accaparer la population, et pendant que les torches de sapin flamboyent, que la guitare russe ou l'orgue de Barbarie écorche une mélodie quelconque, que le kwass et le vodki coulent à flots, on chante, on rit, on danse...

En Russie comme ailleurs, il existe des hommes énergiques et courageux, des caractères fortement trempés, qui, partis des derniers échelons, arrivent par leur persévérance à un bien être réel. Mais de tels exemples sont rares, et le peuple, travailleur par accès, s'il ne voit pas un profit immédiat, préférera le fumier de son isba à un labeur incertain et toujours chanceux.

Alexis et Wasilika descendirent chez le startchina, un ex-intendant qui avait, en quelque sorte, usurpé les droits et les priviléges de l'ancien seigneur, faisant travailler pour son propre compte les moujiks, tous ses débiteurs d'ailleurs, car il est rare, en Russie, de rencontrer un paysan qui, pour une raison ou pour une autre, ne soit pas endetté jusqu'au cou.

VII

Où commence les mésaventures de Serge Rouvanoff.
— Les déportés.

Il nous faut maintenant rejoindre Serge Rouvanoff, que nous avons trop longtemps négligé.

Le misérable en mettant à exécution son infâme projet, en avait froidement calculé toutes les chances. Sa position à Saint-Pétersbourg n'était plus tenable; faussaire, voleur, d'un moment à l'autre, il pouvait être arrêté et conduit en prison. Aussi son parti était pris depuis longtemps, seulement, comme il ne voulait pas partir les mains vides, il guettait l'occasion de les remplir.

L'ambition l'avait perdu. Simple employé, il avait voulu rivaliser de luxe et de prodigalité avec les membres les plus influents du « Tschinn », fréquenter les théâtres, les cafés à la mode, être « quelque chose » enfin, et ceux qui s'étonnaient de cela, il répondait négligemment :

— J'ai fait un héritage.

On haussait les épaules; mais on se taisait, car bien des gens se figuraient — et une telle supposition n'a rien de rare en Russie, que Serge tenait de loin ou de près à la « troisième section » — inquisition redoutable qui peuple le saint empire de ses agents et de ses espions en habits noirs.

Une seule chose avait longtemps retenu Serge Rouvanoff sur la pente de l'abîme : ce misérable sans foi ni honneur aimait sa femme, ses enfants, d'un amour intense, et d'autant plus violent qu'il essayait de le cacher — de peur de se donner un ridicule. Sur le point de partir, la pensée de ceux qu'il lui fallait abandonner était venue — remord vivant — le frapper en plein cœur, et, pour la deuxième fois, il avait hésité.

Mais, nous l'avons dit, il le fallait.

— Bah ! murmura-t-il essayant de se donner le change à lui-même ; une fois en Amérique, je les ferai venir près de moi. Je travaillerai ; le travail ne me fait pas peur ; je me créerai une fortune ; je rendrai cet argent qui me brûle les doigts. Ce n'est qu'un prêt.

« D'ailleurs, dans six mois, cette histoire sera totalement oubliée : l'oubli vient si vite !... Je pourrai agir alors. »

Et il était monté en wagon. Serge était en règle vis-à-vis de la police ; à force d'argent, il avait pu se procurer deux passeports sous deux noms différents ; il est vrai qu'ils étaient faux ; mais, en Russie, un faux passeport — quand on a soin de ne le présenter qu'accompagné de quelques pièces de monnaie — a autant de valeur, si ce n'est plus, qu'un bon.

C'est qu'au-dessus du Czar, il existe un autre monarque,
bien autrement, puissant, devant lequel s'inclinent avec un
égal respect, moujiks et grands seigneurs : Sa Majesté le
Rouble !

Serge le savait et était disposé a employer autant que
possible sa haute influence.

C'est ainsi qu'il avait pu traverser Moscou, où son
signalement devait être donné, et gagner Nijni-Novgorod,
d'où, prenant une voiture, il comptait se diriger vers la
Sibérie.

La Sibérie ! ce seul mot lui donnait des frissons...

— Allons, du cœur ! murmura-t-il ; du cœur où tu es
perdu.

Et, comme il avait pu être filé depuis son départ de
Saint-Pétersbourg, il se décida à tenter une nouvelle transformation.

Ce fut Zabulon Koslowitch qui lui en fournit les moyens.
Sa boutique avait une arrière-boutique où s'opérait, comme
à l'opéra de Pétersbourg, les changements à vue les plus
étranges. Tel qui rentrait là, vêtu en général ou en moujik,
en ressortait moins d'une heure après, grimé en Cosaque
ou sanglé dans un habit noir comme un attaché d'am-
bassade.

Serge le savait.

— Parfait ! murmura-t-il en se regardant longuement
dans un petit miroir à main que lui tendait l'officieux
israélite.

Et, cette fois encore, le déguisement était irréprochable.

Serge, les cheveux rasés militairement, la figure encadrée dans une énorme paire de favoris, rejoignant presque sa moustache qu'il avait conservée ; sa haute taille serrée dans une redingote noire, un pantalon à sous-pieds serrant une botte fine, était méconnaissable.

Il compléta son costume avec une paire de gants de Suède, un chapeau haut de forme, et posa sur son bras une riche pelisse de fourrure.

Ainsi attifé, raide, guindé, il réalisait l'idéal du colonel russe en bourgeois.

— Surtout, pas d'indiscrétion, ou malheur à toi, dit-il au Juif. Je suis attaché à la « troisième section », et je file un personnage dangereux. Tiens-toi pour averti...

— Soyez sans crainte, haute noblesse, répondit Zabulon. Je suis un trop petit personnage pour m'immiscer dans les affaires de la police ; j'aurais trop à perdre et rien à gagner.

— C'est bon !

Le Juif crut-il ou ne crut-il pas ? Mystère. Toujours est-il qu'on pouvait se fier à sa discrétion... quand il n'avait pas intérêt à être indiscret.

Quelques minutes après, sorti de l'arrière-boutique, par une porte dérobée, Serge montait en voiture. Pour comble de précaution, il s'était muni d'un roman français — les personnages de distinction lisent ordinairement en voyage — qu'il feuilletait négligemment, ce qui le dispensait de répondre aux questions que son istvochik, le voyant inoccupé, n'aurait pas manqué de lui adresser.

— Tiens, fit Zabulon après le départ du voyageur, il a oublié quelque chose.

Ce quelque chose était l'étui à cigares. Zabulon l'examina et eut une grimace de déception en voyant son peu de valeur.

— Allons! fit-il avec un soupir — comme s'il était dupé — je le revendrai toujours un rouble...

Cependant la téléga roulait toujours le long du Volga, ne s'arrêtant que dans les villages où il existait des relais de poste. Le conducteur, un véritable kalmouck, parlait à ses chevaux, les encourageait de la voix et du fouet, se démenait comme la mouche du coche. Étendu sur ses coussins de cuir, son livre sur ses genoux, Serge songeait tristement: tout le passé avec ses joies pures et saintes se déroulait à ses yeux comme un remords éternel; sa pensée était peuplée de ces douces réminiscences.

— C'était le bonheur, se disait-il avec un soupir : fou qui l'as dédaigné!... En es-tu plus heureux? quel avenir sera le tien?... et cela par ta faute... Wasilika, sainte femme que j'ai trop longtemps méconnue, que fais-tu maintenant?... Tu pries, tu pleures; mais l'espoir a fui loin de toi... Ah! mieux valait la vie d'autre fois; vie de travail, de privations, mais de calme et de bonheur aussi... Tandis que maintenant...

Il se tut. Le cocher chantait une vieille chanson tartare; malgré ses habits troués, la dureté de son existence si précaire, cet homme avait la figure insouciante et joyeuse; il paraissait heureux.

Serge fut blessé de cette gaieté qui contrastait tant avec les sentiments qui l'agitaient.

— Tais-toi ! dit-il rudement.

Et, allumant un cigare pour se donner une contenance, il murmura :

— Oublions !

Un matin qu'il voyageait ainsi, plus triste à mesure que les verstes s'ajoutant aux verstes l'approchaient de la frontière, il entendit l'istvochik qui disait à ses chevaux :

— Tout doux ! tout doux mes agneaux !...

— Animal ! cria-t-il, qui t'a dit d'arrêter.

— La route est occupée, petit père...

— Par qui donc ?

— C'est une chaîne qui va en Sibérie.

— Une chaîne de déportés ! fit Serge, pâle comme un mort.

Et il reprit :

— Je croyais que les convois de déportés ne se mettaient en route qu'au printemps ?

— C'est vrai, petit père ; mais ceux-ci viennent des frontières de la Pologne, et on use bien des semelles de bottes de Varsovie à Kazan...

Serge ferma les yeux et il se vit, par la pensée, pêle-mêle au milieu de tous ces misérables, enchaîné entre un faussaire et un assassin. Un tremblement convulsif agitait tout son être ; il avait peur...

— Mieux vaudrait la mort ! dit-il.

— Oui, répondit l'istvochik avec cette pitié que ressent

toujours le peuple pour ceux qui souffrent; oui, car leur
martyre serait fini, pendant que maintenant, il commence
à peine..

Par un énergique effort, Serge ouvrit tous grands les
yeux; le sang colora de nouveau ses pommettes; il voulait
regarder en face ce spectacle qui l'effrayait tant.

La chaîne avançait toujours étroitement surveillée par
une escorte de Cosaques, aux yeux féroces, montés sur des
petits poneys velus comme des ours, mais sobres, infatigables. Tous portaient le revolver à la ceinture, une longue
lance à l'arçon ou retenue par une corde sur leur dos.
Leur équipement misérable, leurs vêtements sales, déchirés,
leur donnaient l'apparence d'une troupe de bandits.

Les prisonniers, uniformément vêtus de capotes grises
numérotées — car un condamné n'est plus un homme —
marchaient au milieu, les uns la tête tristement penchée
sur la poitrine, les autres affectant une indifférence cynique, une gaieté provoquante. Du reste, la bande était
excessivement mêlée suivant la coutume russe, qui veut
que l'assassin marche à côté de celui dont tout le crime est
d'avoir déplu à quelque haut fonctionnaire, le journaliste
convaincu d'avoir frondé le gouvernement près du faussaire, l'enfant — car cette bande hideuse comptait des
enfants de vingt ans à peine — en compagnie de quelque
fanfaron du vice, écume des bagnes et des prisons...

Debout sur leurs étriers, le fouet à la main, les Cosaques faisaient cabrer leurs chevaux, courant de l'un à
l'autre — comme le fait le chien d'un troupeau — cinglant

les retardataires de leurs longues lanières, qui, s'abattant sur les mains, les visages, y laissaient de longs sillons bleuâtres…

Nonchalant, indifférent, l'officier chargé de conduire ce triste convoi, suivait dans sa voiture bien capitonnée, feuilletant une revue quand l'ennui le gagnait ou vidant à petits coups sa bouteille d'eau-de-vie de France.

Autour de lui roulaient d'autres voitures, mais sans ressorts ni coussins. C'étaient encore des prisons roulantes où agonisaient, la chaîne aux mains et aux pieds, ceux que la fatigue avait terrassé pendant cet effrayant voyage.

— C'est horrible ! murmura Serge, horrible.

Et il lui semblait que, à son passage, les chaînes tintaient plus lugubrement encore, que tous ces spectres haves, émaciés le regardaient de leurs yeux éteints et murmuraient en montant l'affreux collier de fer, qui les accouplait deux à deux :

— Ta place est ici, voleur !… Viens, nous t'attendons !…

Il ferma encore les yeux.

Dix minutes après, la chaîne s'arrêtait et campait en plein champ au bord d'un ruisseau. Pendant que les condamnés s'étendaient avec délice sur l'herbe sèche, les Cosaques apportaient les provisions : pain, vodki, lard, poisson séché, que les paysans des districts, où passent les convois, ne manquent jamais de déposer sur les revers des chemins, en y joignant parfois quelques kopecks, péniblement amassés.

Charité ingénieuse, touchante, qui montre le peuple
russe sous son meilleur aspect. C'est que pour lui, dans
cette chaîne horrible, il n'y a pas que des voleurs, des
assassins... c'est qu'il y voit les esprits hardis, aventureux
qui ont combattu jadis pour lui et qui, aujourd'hui, souffrent
pour sa cause... C'est qu'il se dit souvent en hochant tristement la tête :

— Nul n'est exempt de la Sibérie!

La route était libre.

— En avant! cria Serge à l'istvochik, et que nous ayons
fait dix verstes en une heure.

L'istvochik pressa ses chevaux, qui n'avaient pas besoin
d'encouragement, et la voiture roula de nouveau sur la
route grise.

Deux heures après l'istvochik s'écria en montrant du
bout de son fouet un sombre massif de maisons, perdues à
l'horizon bleuâtre et que dominaient des minarets légers,
des coupoles aux reflets métalliques.

— Kazan!

— Enfin! murmura Serge, j'échappe donc à ce cau-
chemar! Encore une étape de franchie... le but approche...

Kazan est une des dix universités du saint empire et
compte naturellement dans le sein de son aristocratie, un
« conseiller de collége », fonctionnaire dont le grade est
égal à celui d'un lieutenant-colonel. Cette ville est bâtie sur
la rive gauche du Volga, un peu au-dessus du point où la

Kama le rejoint : c'est un des centres les plus importants de l'empire.

Serge avait l'intention de s'arrêter plusieurs jours à Kazan; mais le sort en avait autrement décidé.

Il était — sur le conseil de son istvochik, descendu sur la place du marché, dans un hôtel où on parlait français — où ne parle-t-on pas français en Russie? — et s'était fait donner une chambre.

Il était là, dans cette chambre, qui par hasard possédait un lit digérant un maigre dîner arrosé de kwass et de thé, et se livrant à de tristes réflexions.

Il avait beau faire, il voyait toujours devant ses yeux le sinistre convoi : cette pensée l'obsédait.

Il voulut fumer : Cosaques et déportés dansaient au milieu des flocons bleuâtres qui montaient lentement au plafond.

— Il faut m'étourdir, dit-il en frappant brusquement sur la table.

L'hôtelier accourut.

— Monte-moi une bouteille de Champagne ! dit Serge.

Tout ébahi de cette demande insolite — le Champagne coûte six roubles la bouteille — l'hôtelier ne répondit pas d'abord.

— Tiens, dit Serge s'imaginant que sa solvabilité était mise en doute.

Et il jeta sur la table un billet de cent roubles.

Quelques minutes après l'hôtelier remontait, mais sans Champagne.

— Votre haute noblesse est-elle bien sûre de ne s'être pas trompée ? dit-il.

— Certainement, animal.

— C'est que le billet est faux :

— Faux ! fit Serge qui se rappelait l'avoir reçu de Zabulon. Je ne te souhaite qu'une chose, empoisonneur : c'est d'en avoir quelques mille semblables.

L'hôtelier sortit de nouveau, mais ne revint plus.

Soudain des pas lourds résonnèrent dans l'allée, et une voix cria, la voix de l'hôtelier :

— Au premier, la porte à gauche...

Serge eut peur ; il regarda autour de lui. Pas d'issue pour fuir... Et s'il allait être arrêté ?... Ces valeurs qu'il portait... ce serait sa condamnation...

Brusquement il marcha à la muraille, souleva une petite statuette de saint Nicolas placée dans une niche, et sous le socle de la statuette, glissa son portefeuille.

Puis, tranquille, sûr que la superstition qui s'attache aux « saintes Images » empêcherait qu'on fouillât là, il revint près de la table.

Il était temps ! la porte venait de s'ouvrir, démasquant les longues capotes grises et les schakos de deux agents de police.

— Que me voulez-vous ? demanda-t-il d'une voix parfaitement calme.

— Est-ce vous qui avez donné à Wasilik Serguiskow un billet de cent roubles ? dit un des agents.

— C'est moi.

— Ce billet est faux.

— Il doit être bon. D'ailleurs, je n'en suis pas responsable. Je l'ai reçu, avec plusieurs autres d'un Juif de Nijni-Novgorod, Zabulon Kozlowitch.

— Vous vous expliquerez devant le « stanovoï ». Ce qui est grave, c'est que votre istvochik vient d'être pris, changeant dans une « maison à thé » un billet également faux qu'il prétend tenir de vous.

— Cela ne prouve rien : puisque j'ai reçu un faux billet, je puis parfaitement en avoir reçu plusieurs. Marchons.

Les policiers opérèrent une perquisition sommaire dans la valise du voyageur. Mais ils n'y trouvèrent qu'un peu de linge, quelques centaines de roubles en argent et en papier. Ils s'emparèrent de ces derniers, sans doute pour s'assurer s'ils étaient bons ou faux, et descendirent avec leur prisonnier.

Celui-ci avait repris tout son aplomb.

— Prépare un punch copieux, Wasilik Serguiskow, dit-il en passant devant l'hôtelier, et surtout ne ménage pas les épices. Tout ceci n'est qu'un malentendu. Je reviendrai le boire avec ces braves garçons. Si je ne reviens pas, ils le prendront bien sans moi.

Et il jeta quelques roubles sur la table.

Enchantés d'être traités de la sorte, les policiers laissèrent leur prisonnier passer devant eux, provenance qui ne les engageait à rien, car Serge ne pouvait leur échapper.

Serge le comprit.

— Où faut-il aller? demanda-t-il résigné à jouer son rôle jusqu'au bout.

— Marchez toujours, répondirent les agents.

VIII

Où continuent les mésaventures de Serge Rouvanoff.
— Un policier candide.

Quelques minutes après, toujours escorté de ses deux
gardes du corps, Serge était en présence du redoutable
Maximitch Koukouliskine, qui n'avait de réellement bar-
bare que son nom.

Deux lignes le dépeindront : au physique, laid comme un
singe ; au moral, sa bêtise ne pouvait être égalée que par
son immense fatuité.

Avec ça, candide comme une jeune fille.

Néanmoins le « stanovoï » crut devoir prendre un air
terrible pour interroger l'inculpé dont la tenue, les manières
élégantes lui en imposaient quelque peu.

— C'est toi qui essaye de passer de faux billets de banque ? dit-il avec un froncement de soucils olympiens.

— Je n'essaye pas, répondit Serge avec audace — car
il comprenait qu'il jouait le tout pour le tout — je le fais.
Seulement je dois ajouter pour ma justification que j'igno-
rais qu'ils fussent faux.

7

— Nous éclaircirons cela, si tu as quelques centaines de roubles à dépenser... pour les frais de vérification. La ville est inondée de faux billets de banque. Quelques-uns, passe! on ne peut toujours en avoir de bons, mais trop... c'est trop.

Et il rit de ce qu'il prenait pour une plaisanterie.

— Bien mal avisé serait celui qui voudrait tromper Maximitch Koukouliskine! dit Serge qui avait entendu prononcer ce nom par les agents.

— Tu me connais donc?

— Qui ne te connais pas?... On faisait ton éloge l'autre jour et en haut lieu.

— Oui, j'entends, fit le candide stanovoï; dans quelque réunion de coquins. J'en suis la terreur, ajouta-t-il modestement.

— Chez la princesse W***, à Moscou.

Sensiblement flatté. Maximitch se gratta le nez.

— Tu dois avoir des papiers? reprit-il.

— J'ai mon passeport.

Et il tendit au stanovoï un passeport au nom de Fédor Likowitch, colonel en retraite.

Mais à peine l'inspecteur l'eût-il examiné, qu'il bondit rouge de colère, et d'indignation.

— Ce passeport est faux! hurla-t-il. Coquin, tu voulais encore me tromper...

— Je le sais, répondit Serge avec un calme admirablement simulé, quoiqu'une sueur glacée mouillât ses tempes.

— Misérable!... je vais.

— Ecoute, Maximitch Koukouliskine — puisqu'avec toi il est impossible de rien dissimuler — je ne pouvais mettre sur un passeport : Dimitri Touchiskow en lettres d'un pied de haut... c'était crier ma mission sur tous les toits.

— Tu es Dimitri Touchiskow ? fit Maximitch avec admiration.

— Oui.

— Le bras droit de l'inspecteur de police de Moscou?

— Oui.

— Tu es en mission?...

— Je file moi-même un audacieux coquin qui vient de s'enfuir de Pétersbourg avec plus de cent mille roubles de valeur.

— Serge Rouvanoff, peut-être ?

— Lui-même, répondit Serge sans hésiter. Maintenant fais-moi arrêter pour une misérable question de faux billets — quand tu sais qu'ils passent aussi bien que les bons — pour une question de passeport — quand tu sais qu'un passeport est toujours valable quand il est présenté en même temps qu'un rouble — seulement, tu seras responsable des retards apportés à ma mission.

Et s'accoudant nonchalamment sur le bureau du stanovoï, il ajouta.

— J'attends!

Naïf et crédule, Maximitch Koukouliskine donna en plein dans le panneau.

— Il n'y a qu'un coupable dans tout cela, dit-il; c'est cet imbécile de Wasilik Serguiskow, et comme il importe, en bonne justice, que quelqu'un soit puni, c'est lui qui paiera les pots cassés. A toi, je dis bon voyage et bon succès.

— Merci, répondit Serge, je me souviendrai de toi.

Les rôles étaient changés, maintenant. L'inculpé, raide, hautain, traversa lentement le bureau, escorté par le sta-novoï qui ne lui ménageait ni les courbettes, ni les salu-tations.

— Il se souviendra de moi, pensait Maximitch Koukou-liskine, c'est-à-dire qu'il me recommandera chaudement.

— L'affreuse comédie! murmurait Serge de son côté. J'ai cru que je ne l'achèverais jamais... Allons, de l'audace... la bombe est chargée, prends garde qu'elle ne t'éclate sous les pieds!...

Dans l'antichambre, il trouva les deux policiers.

— Le punch est prêt, mes braves, dit-il gaiement. Allons le boire.

Ils revinrent à l'hôtellerie où Wasilik Serguiskow ouvrit de grands yeux en les revoyant.

— Il paraît que tu t'es trompé, animal! dit un des agents.

— C'est bien possible, petit père! En tous cas, le punch est là.

Laissant les deux policiers se verser rasade sur rasade, Serge monta lestement à sa chambre, reprit son précieux portefeuille, et, descendant à l'écurie, eut une mystérieuse conversation avec son istvochik qu'on venait de relâcher.

Moins d'une heure après, une téléga, traînée par deux

vigoureux chevaux quittait Kazan, rapide comme une flèche et semblait se diriger vers Nijni-Novgorod.

A la même minute, un homme, enveloppé dans une pelisse de fourrure, son chapeau rabattu sur ses yeux, sortait de l'hôtellerie par une porte dérobée.

Les policiers buvaient toujours...

* * *

Après le départ du faux agent de police, Maximitch Koukouliskine, se rapprocha de son bureau en se félicitant tout haut de sa perspicacité. Le trop candide stanovoï n'avait pas l'ombre d'un doute : pour lui, Serge Rouvanoff était bien le célèbre agent secret dont il avait pris le nom. Bien certainement il se souviendrait de lui, le recommanderait chaudement en haut lieu; et Maximitch jubilait, se frottait les mains, s'imaginant déjà être appelé à exercer ses importantes fonctions dans quelque grande ville, à Moscou, qui sait? peut-être à Saint-Pétersbourg; il voyait sa boutonnière ornée de la croix de sainte Anne...

— Ce que c'est que le flair? murmurait-il. Un imbécile aurait vu dans cet homme un faussaire, rien qu'un faussaire... mais moi, je ne suis pas de ceux qu'abusent les apparences... j'ai du flair!...

Et, tout éveillé, il reprit son beau rêve.

Hélas! c'était le rêve de Perrette...

Il fut tiré de cette douce quiétude par l'entrée d'un employé qui lui remit une dépêche arrivée de Nijni-Novgorod avec ce mot : « Urgence ».

Encore plongé dans ses douces illusions, Maximitch s'imagina que c'était sa nomination à un grade supérieur qu'on lui apportait.

Mais, à peine eut-il lu qu'il poussa un cri terrible, cri de rage et de déception.

Voici ce que portait la dépêche :

« Ordre d'arrêter partout ou il se trouvera, Serge Rouvanoff, prévenu de vol, et voyageant avec un faux passeport sous le nom de Fédor Likowitch.

» Voici son signalement. »

Suivait en effet un signalement détaillé, et ressemblant point pour point à celui du faux agent secret.

Maximitch Koukouliskine en blêmit de fureur.

Maintenant dira-t-on, comment la police de Nijni-Novgorod avait-elle été avertie du passage de Serge ? C'est bien simple. Zabulon Kozlowitch, mis en éveil par les allures étranges du voyageur descendu chez lui, voyant ses soupçons se corroborer par les questions indiscrètes de Wasilika, n'avait pas hésité devant une délation.

C'était un moyen, comme il le disait, de gagner « honorablement » quelques roubles.

— Malédiction ! ragea le trop candide stanovoï, je suis joué comme un enfant !... Heureusement qu'il est temps encore ! Chien de faussaire... voleur, tu t'es moqué de moi; je te revaudrai ça !... Après m'être si bêtement trompé, il faut que je me réhabilite par un coup d'éclat.

Et boutonnant sa tunique, emprisonnant son épaisse rotondité dans un ceinturon de cuir, supportant un énorme sabre qu'il laissait traîner avec un grand bruit de ferraille, il prit sa canne — il ne pouvait guère marcher sans elle — et, accompagné d'une escorte suffisante pour arrêter vingt hommes, se rendit à l'hôtellerie de Serguiskow.

Mais l'oiseau s'était envolé; il ne trouva dans l'hôtellerie que ses deux agents s'enivrant honnêtement avec le punch payé par Serge.

Quand il comprit qu'il était joué encore une fois, que le coupable s'était de nouveau évanoui, il entra dans une colère indescriptible. Les agents, l'hôtelier courbèrent les épaules, sans pouvoir cependant éviter une avalanche de coups de canne, accompagnée d'un déluge de paroles malsonnantes.

Enfin, à bout de force et de salive, Maximitch Koukouliskine cessa de crier et de frapper.

— Je suis déshonoré, perdu de réputation, je deviendrai la risée de toute la ville!!!... fit-il au bout de quelques minutes employées à souffler. Mais, j'y mettrai bon ordre. Tant qu'à vous, fit-il en s'adressant aux deux agents qui se frottaient encore les côtes, vous déshonorez les uniformes que vous portez.

Et, interpellant directement Wasilik Serguiskow qui, lui aussi, avait eu sa bonne part dans la distribution des horreurs, il reprit :

— Il est parti avec sa téléga ?

— Oui, haute noblesse.

— Quelle direction a-t-il pris ?

— La route de Nijni-Novgorod.

— En es-tu sûr, animal ?

— Il est facile de s'en assurer, haute noblesse.

— Pas mal raisonné, tête de buse ! pas mal raisonné...
En ce cas, il est pris entre deux feux !

Et, avec sa canne, faisant mine d'épauler, il s'écria.

— Gaff !... Gouff !... je donnerais volontiers... tout ce
que je possède pour n'être pas dans sa peau...

La colère du digne Maximitch Koukouliskine, comme le
lait qui s'épanche sur le feu, ne pouvait durer longtemps.

A moitié consolé de ses mésaventures par l'espérance que
le coquin serait bientôt arrêté, il revint à son bureau,
escorté de ses agents qui faisaient des mines d'un pied de
long

Là, de nouveaux renseignements l'attendaient.

A son entrée, un petit personnage à tête de fourmi, vêtu
de haillons crasseux et disparates, se leva et salua humblement son feutre défoncé à la main.

— Qui es-tu ? lui demanda Maximitch durement, car il
avait reconnu un juif dans ce personnage.

— Zabulon Kozlowitch, pour servir votre haute origine.

— Zabulon Koslowitch, et après ? demanda Maximitch
a qui ce nom ne disait absolument rien.

— Celui qui a dénoncé Serge Rouvanoff...

— Ah ! c'est toi qui ?... Tu as fait là une belle besogne,
et je te conseille de t'en vanter.

— Je viens pour toucher la prime.

— Quelle prime, animal ?

— La prime promise à celui qui ferait arrêter le voleur.

— Mais Serge Rouvanoff n'est pas arrêté!

— Pas arrêté, Dieu de Jacob! alors c'est sa téléga que je viens de rencontrer sur la route de Nijni-Novgorod. Il me semblait bien la reconnaître à ses roues rouges et à sa caisse verte! gémit Zabulon en levant les mains au plafond.

— Et tu viens de Nijni-Novgorod pour ça, vieux corbeau? Tu aurais mieux fait de rester chez toi.

— Non, répondit Zabulon, je vais à Germ... pour mon commerce, et...

— Tu fais marcher de front les affaires et les délations... Il y a de l'étoffe en toi, digne fils d'Abraham. Mais tu es arrivé trop tard. Va...

Le Juif tortillant son chapeau, sortit à reculons. Arrivé sur le seuil, il s'arrêta un moment indécis... Puis, voyant que Maximitch ne le rappelait pas, il revient près du bureau.

— Il y a encore un petit renseignement, dit-il d'une voix humble, mais je l'ai payé et...

— Et tu ne veux pas le donner pour rien!... acheva Maximitch, et si je te faisais fourrer en prison, cela te délierait-il la langue, vieux drôle?...

— Votre « haute naissance » veut sans doute s'amuser d'un malheureux Juif? dit Zabulon sur un ton larmoyant.

Maximitch Koukouliskine s'amusait en effet énormément des terreurs du pauvre Juif. Cependant, pensant que le renseignement que lui apportait Zabulon était de nature à le mettre sur la voie du fugitif, il lui jeta quelques roubles, en disant :

— Parle.

Le Juif ne se fit pas prier. Il raconta longuement les faits qui s'étaient passés chez lui quelques jours après l'arrivée de Serge.

A mesure qu'il parlait, Maximitch écrivait.

— Ainsi, dit-il, quand le Juif eut terminé, tu penses que ces gens recherchaient Serge?...

— Votre haute naissance le pense comme moi.

— Etaient-ce des amis ou des ennemis ?

— Des amis, bien sûr, des parents peut-être.

— Et ils viennent à Kazan ?

— Votre haute naissance ne tardera pas à le savoir, car je leur ai donné un cocher qui a tout l'air d'appartenir à la police.

— Tu m'intéresses, Zabulon. Va toujours, mon fils.

— Le Juif s'attendait sans doute à recevoir de nouveaux roubles; mais, voyant que rien ne venait, il reprit d'une voix nazillarde et en traînant sur les mots :

— La veille de l'arrivée de ces deux étrangers, un homme est venu chez moi. — « Il va arriver à Nijni-Kovgorod, me dit-il, deux personnes » — Et il me les dépeignit. — « Ces voyageurs achèteront chez toi ou chez un de tes » confrères une voiture pour continuer le voyage. Arrange- » toi pour qu'ils me prennent comme cocher, tu ne t'en » repentiras pas. »

— Un agent de Moscou ou de Pétersbourg! murmura Maximitch. On les trouve partout. Et après?

— Après, haute naissance, les choses se sont passées comme il les avait prévues.

— Et tu penses que cet istvochik déguisé s'adressera à moi ?

— J'en suis sûr.

— C'est bien. Tu as vidé ton sac, n'est-ce pas ? File alors.

— Votre haute naissance oublie une petite gratification. C'est justice. Ne me suis-je pas dérangé pour elle.

— En faisant tes affaires, vieux coquin ! Allons file, si tu ne veux pas que je t'envoie dans un endroit où il fait toujours frais. Tu possèdes des secrets qui ne doivent pas courir les rues.

Devant cette menace, Zabulon Kozlowitch retrouva soudain ses jambes et sortit au bruit des éclats de rire du haut fonctionnaire.

— Hum! murmura Maximitch Koukouliskine dès qu'il fut seul, voilà une affaire qui me fera certainement honneur. Le tout est de la mener à bon port.

Et, appelant plusieurs de ses agents, il leur donna des ordres sévères pour que les passeports fussent rigoureusement exigés dans toutes les auberges et hôtelleries de Kazan.

IX

Une double rencontre.

Wasilik Serguiskow avait dit vrai : la téléga avait bien repris la route de Nijni-Novgorod, seulement elle était vide. L'istvochik que Serge — au moyen de quelques roubles — avait su mettre dans ses intérêts — sans lui en dire la raison — avait consenti à jouer ce jeu dangereux. Pendant ce temps, Serge s'était enfoncé dans une des ruelles de la ville, bien décidé à user d'un nouveau travestissement.

Le changement de nom lui était facile — grâce au deuxième passeport qu'il possédait — et, tandis que la téléga s'éloignait vers l'ouest, lui, monté dans une troïka, courait la poste sur la route de Sarapoul.

— Sauvé encore une fois! murmura-t-il en s'épongeant le front. Oh! cette existence est un supplice perpétuel! Je n'étais pas né pour tromper. Qui donc m'a poussé au mal?... La fatalité!...

C'est ainsi que ces caractères mal équilibrés — honnêtes au fond mais sans force pour résister aux entrainements

du vice — essayent de se donner le change. Ils accusent la
fatalité, sans songer que ce n'est qu'un mot créé par l'orgueil qui ne veut pas s'avouer vaincu; ils accusent tout,
excepté eux-mêmes...

Et pourtant, ici-bas, l'homme, toujours, n'a que la des-
tinée qu'il s'est faite.

Mais ces considérations nous entraîneraient trop loin.
Abandonnons, une fois encore, Serge que nous retrouverons
bientôt, et occupons-nous de personnages plus dignes de
notre intérêt.

* * *

Alexis et Wasilika poursuivaient avec persévérance la
tâche qu'ils s'étaient imposée, sans se laisser rebuter par
aucun obstacle. Ils avaient brûlé les étapes tant était grande
leur impatience de rejoindre le fugitif. D'ailleurs, cette fois,
ils avaient des indices certains : se renseignant près des
maîtres de poste, des aubergistes, ils avaient acquis la cer-
titude qu'une voiture semblable à la leur les devançait d'une
soixantaine de verstes à peine.

— Il faut encore diminuer cette distance, dit Alexis résolûment. Istvochik, mon ami, presse, presse tes chevaux;
ils se reposeront demain.

— Waï! petit père, répondit l'istvochik qui, autant que
le major peut-être, était pressé d'arriver.

Aux abords de Kazan, la voiture croisa une téléga qui
brûlait la route en sens inverse. Le cœur d'Alexis battait à
tout rompre dans sa poitrine : cette téléga, roulant au grand

galop de ses chevaux, était justement celle qu'on lui avait signalée

— Arrête, istvochik!... arrête!... cria-t-il en mettant la tête à la portière.

Pour toute réponse, le cocher fouetta plus vigoureusement ses chevaux.

Brusquement Alexis arma un revolver.

— Arrête ! reprit-il avec l'accent d'une froide résolution, ou je loge une balle dans la tête de tes chevaux.

Devant cette menace, que le major — il était impossible d'en douter — semblait résolu d'exécuter, l'istvochik s'arrêta humble et tremblant.

Il croyait avoir à faire à quelqu'employé de police.

Déjà Alexis avait mis pied à terre et ouvrait la portière de la téléga.

Mais une grande déception l'attendait : la voiture était vide.

— Je me serai trompé, pensa-t-il.

Et à l'istvochik :

— D'où viens-tu ?

— De Kazan, petit père.

— Etais-tu seul ?

— Je conduisais un voyageur que j'ai laissé dans la ville.

Et sur la promesse d'un rouble — promesse qui fut aussitôt remplie — il raconta tout ce qu'il savait des événements qui s'étaient déroulés à Kazan.

— Allons, dit Alexis, je crois qu'il est inutile de nous arrêter à Kazan, où cette affaire doit produire un bruit du diable. Voyageurs inconnus, nous ne nous attirerions que des désagréments. Tâchons plutôt de le rejoindre sur la route de Sarapoul.

Et abandonnant les abords du Volga, qui coulait non loin de là, il donna l'ordre d'éviter Kazan.

— Les chevaux n'en peuvent plus, petit père, dit l'istvochik qui, pour des raisons à lui particulières, eut préféré pénétrer dans la ville.

— Qu'importe! ils feront toujours bien vingt ou vingt-cinq verstes. En route.

— Moi-même j'ai besoin de repos.

— Tu te reposeras demain.

— La nuit vient.

— Nous avons un fanal, répondit Alexis dont la défiance était éveillée par l'insistance que mettait l'istvochik à vouloir entrer à Kazan.

En même temps il fit négligemment jouer les batteries de son revolver.

L'istvochik eut peur et... se résigna.

— Va, drôle, murmura Alexis, tu m'as tout l'air d'un espion; mais je te surveillerai.

***

On était dans la province d'Oural, arrosée par une multitude de rivières dont la plus importante est la Kama, affluent du Volga et que grossit encore de nombreux tributaires. Des convulsions de terrain annonçaient les abords des monts Ourals aux puissantes ramifications. Le paysage revêtait un caractère étrange et sans cesse varié; là, la plaine, qui n'était pas la steppe encore, mais qui, comme elle étendait à perte de vue ses horizons monotones, sa végétation d'herbes touffues; ailleurs, au contraire, des forêts immenses d'essences du nord profilaient vers le ciel leurs masses imposantes aux cimes bleuâtres ou violacées; à mesure qu'on approchait de la frontière, les villages se faisaient de plus en plus espacés.

Çà et là, sous le couvert des bois ou au milieu des plaines éternelles campaient quelques tribus de nomades avec leurs chevaux étiques, leurs ours grimaçants; des détachements de Cosaques se rendant à la frontière bivaquaient aussi en pleine forêt comme une horde de sauvages ou une troupe de bandits.

Souvent aussi on entendait hurler les loups, et des histoires sinistres de voyageurs, surpris et dévorés par ces rapaces, circulaient parmi les moujiks.

L'hiver approchait à grands pas, d'ailleurs. Déjà les arbres se dépouillaient de leurs vertes parures; les feuilles desséchées jonchaient le sol ou, emportées par le vent de l'Oural, tourbillonnaient avec de lugubres frémissements; dans le ciel bas, gris et plombé passaient, avec de grands cris, des vols immenses de corbeaux.

C'était l'hiver! Le paysan, abandonnant à Dieu le soin de faire germer et croître sa moisson, regagnait son isba en ruine où la neige allait le bloquer pour six mois; le colporteur nomade reprenait le chemin des villes, tandis que le bohémien émigrait avec les oiseaux vers les contrées plus favorisées du sud.

C'était l'hiver!...

Trois jours après, la première neige tombait.

Le lendemain le sol n'était plus qu'un immense tapis blanc partout, partout uni, car, sous les tourbillons légers que chassait la rafale, tout se nivelait, tout présentait la même surface plate et monotone qui blessait le regard par son éternelle irradiation.

Les voitures ne pouvaient continuer à rouler sur ce sol mobile où elles enfonçaient jusqu'aux essieux. Par bonheur un village était proche : on s'y arrêta.

Sur une longueur de deux verstes s'étendait une rue immense et bordée d'isbas aux toits pointus; les unes neuves et pimpantes, les autres vieilles de misère et de vétusté; au bout de la rue s'élevait l'église aux murailles soigneusement crépies, à l'élégante coupole surmontée d'une croix de cuivre doré.

Devant chaque isba s'étendait une cour énorme encombrée de vieux traîneaux, d'instruments aratoires, mais où n'apparaissait aucune trace de culture. Il eût été facile pourtant de transformer ces cours en vergers; mais, à part l'étroit espace où poussent — à la grâce de Dieu — les choux destinés au tschi, le paysan russe ne cultive aucun légume.

C'était pourtant un des mirs les plus riches de la région. Le startchina qui le gouvernait — un ancien militaire — avait pris à cœur les intérêts de ses administrés et s'effor-

çait — sans trop de succès, il faut le dire — de les relever
à leurs propres yeux, d'assurer leur bien être.

Il avait sollicité de Kazan la permission d'ouvrir une
école. Sa demande fut favorablement accueillie, plusieurs
fonctionnaires promirent de s'y intéresser, mais, comme il
arrive toujours en Russie, aucune suite ne fut donnée à
cette affaire.

Sans se décourager, il attendait toujours.

Après avoir remisé leur voiture dans une auberge,
Alexis et Wasilika se firent désigner la maison du startchina,
auquel il était prudent de faire une visite, s'ils ne vou-
laient pas être inquiétés.

Le startchina habitait, près de l'église, une petite maison de bois dont les murailles disparaissaient entièrement
sous un éclatant badigeonnage rouge, jaune, bleu, vert —
un arc-en-ciel fixe. Wasilika et le major, leur passeport
d'une main, quelques kopecks de l'autre, entrèrent.

A peine avaient-ils franchi le seuil qu'ils s'arrêtèrent
interdits.

Le startchina n'était pas seul. Assis devant une petite
table, près du poêle qui ronflait joyeusement, deux hommes
lui tenaient compagnie, jouant aux cartes et vidant à petits
coups une bouteille de vodki. L'un était le popo — recon-
naissable à son costume — vieillard jovial, au nez rouge
comme une pivoine en pleine floraison, à la barbe blanche
taillée en éventail; l'autre... c'était celui-là que Wasilika
et Alexis avaient d'abord remarqué.

C'était un homme de haute taille, au visage entièrement rasé, vêtu comme un riche marchand.

— Lui!... s'écria Wasilika, lui!...

L'étranger pâlit et eut un brusque mouvement comme s'il voulait se débarrasser par la fuite de cette vision importune.

Tous les regards étaient braqués sur Wasilika qui, pâle, défaillante, se tenait contre la muraille pour ne pas tomber.

Elle avait reconnu Serge!...

La situation était tendue.

— Mais c'est vrai! c'est bien lui! s'écria Alexis qui s'avança la main ouverte. Ce brave Dimitri Oulgine! quel bonheur de le rencontrer!...

Déjà Serge s'était remis.

— Vous vous trompez, dit-il froidement, je ne vous connais ni l'un ni l'autre.

— Comment, reprit Alexis qui voulut payer d'audace; tu ne reconnais pas Ivan Nigodinieff et Fœdora Petro-witch, sa sœur?... il faut que les prospérités t'aient changé le cœur...

— Encore une fois tu te trompes, fit Serge d'une voix aiguë.

— Je ne suis pas ton Dimitri Oulgine. Je m'appelle Jaroslaw Skiliskoff...

Et, se tournant vers le startchina, il dit avec une indiffé-rence admirablement simulée.

— Quels sont ces gens? Je ne les connais pas.

— Oui, qui êtes-vous? répéta le startchina.

— Des voyageurs qui viennent to présenter leurs passeports, répondit Alexis. Il paraît, en effet, que je me suis
trompé. Dimitri Oulgine m'aurait reconnu.

Et soutenant Wasilika dont la douleur ne connaissait
plus de borne, il murmura.

— Du courage !... il le faut, ou nous sommes perdus...

— J'en aurai... balbutia-t-elle d'une voix brisée par les
sanglots.

Pendant ce temps le startchina avait examiné les passeports, et, ne trouvant rien à y reprendre, il les rendit à
Alexis.

— Combien de jours séjournerez-vous ici ? demanda-t-il.

— Juste le temps nécessaire de faire démonter les roues
de notre voiture, et de les remplacer par des patins.

— C'est une bonne précaution. L'hiver sera rude : déjà
on parle de gens dévorés par les loups. Que Dieu et saint
Nicolas vous préservent d'un pareil sort...

Déjà Serge et le pope s'étaient remis à boire. Voulant à
tout prix s'attirer la sympathie de ses hôtes, Serge proposa
une nouvelle partie d'écarté.

— Voilà une bizarre histoire, dit-il en battant les cartes.
Je suis victime d'une ressemblance étrange.

— Oui, bien étrange, dit le pope, quoique de pareilles
aventures arrivent tous les jours. Moi-même, dans ma jeu-
nesse, et ça date de loin, j'ai été pris pour un puissant personnage, dans des circonstances que je vais vous raconter :

Nulle part, on ne joue autant qu'en Russie, et nulle part
non plus l'art de tricher n'est pratiqué avec autant d'impu-

dence. Cela tient sans doute aux rigueurs du climat qui confinent riches et pauvres chez eux pendant près de six mois de l'année. Dans les grandes villes, encore on a la ressource des bals, des théâtres, des réceptions ; mais à la campagne, après une journée de chasse, comment tromper les ennuis d'une longue soirée, si ce n'est en jouant et en buvant.

Le popo était un joueur déterminé et un buveur de première force, car il pouvait tenir tête à n'importe quel autre sans s'enivrer. Le clergé russe est bien différent du clergé des autres pays, et le pope est plutôt regardé comme un agent du gouvernement — qu'il sert par tous les moyens possibles — que comme un ministre de paix et de charité. Rapace, toujours inassouvi, mendiant chez les riches et les pauvres, il est généralement méprisé des nobles, haï des paysans.

Il en est de même des moines, évêques, archimandrites, qui constituent le « clergé noir » comme les popes constituent le « clergé blanc ».

Une grande différence existe pourtant entre ces deux parties du clergé. — Aux moines, les honneurs, la fortune; aux popes, la direction spirituelle et politique d'une paroisse. Les popes peuvent et doivent toujours se marier; — les moines doivent garder le célibat.

Voyant qu'on ne s'occupait plus d'eux, Wasilika et Alexis sortirent lentement.

— Le misérable ! murmura Alexis les dents serrées.

— Le malheureux ! fit Wasilka avec un sourire angélique. Oh! ne l'accable pas, il est réellement à plaindre...

— Il nous a méprisés, moi, son frère, toi, sa femme!

— Nous reconnaître était sa perte. Que Dieu lui pardonne comme je lui pardonne, moi...

— Je ne pardonnerai pas! dit Alexis d'une voix ferme.

Ils passaient devant la petite église étincelante d'or et de couleurs. Agenouillés près des autels, le front courbé dans la poussière ou le regard noyé dans une vague extase, quelques moujiks, quelques femmes priaient.

Wasilika était pieuse comme toutes ses compatriotes. La vue de l'autel resplendissant sécha ses larmes.

— Là, est la consolation de ceux qui souffrent, dit-elle. Prions et Dieu nous entendra...

Et, suivie d'Alexis, elle entra dans le petit sanctuaire.

Pendant longtemps, affaissée au pied des saints autels, elle oublia tout, ses larmes, ses souffrances, ses angoisses, pour ne songer qu'au coupable, pour supplier Dieu de lui faire miséricorde. Les larmes coulaient, mais elles n'avaient rien d'amer; elle croyait, elle avait confiance...

— Viens, lui dit Alexis.

Appuyés l'un sur l'autre, ils sortirent lentement de la petite église. La neige tombait toujours en tourbillons serrés qui interceptaient la vue à dix pas.

Alexis et Wasilika marchaient toujours.

Tout à coup une voix s'éleva.

— Place! gare!... vous voulez donc vous faire écraser?

Un traîneau, que le brouillard de neige les avait empêché de voir plutôt, accourait avec une rapidité vertigineuse...

Ils voulurent se dégager, reculer; mais soudain, Wasilika abandonna le bras de son compagnon et s'affaissa sur la neige en criant ·

— Lui !...

Les chevaux n'étaient plus qu'à quelques pas.

Alors un homme, l'œil enflammé parut sur le siége. Un cri désespéré s'échappa de sa poitrine.

— Wasilika !!!....

Et brusquement il bondit, et, au risque de se faire broyer, s'élançant au devant des chevaux, il les saisit aux naseaux.

Dompté, l'attelage s'arréta.

Alors le voyageur releva la pauvre femme évanouie et la mit dans les bras d'Alexis.

— Adieu, dit-il d'une voix sourde, et pardonnez-moi... La fatalité m'entraîne.

Tout cela avait été fulgurant, rapide comme la pensée. Quant Alexis releva la tête, traîneau, voyageur, tout avait disparu dans le brouillard neigeux.

———

X

Où le major retrouve une ancienne connaissance.
— La Noël en Russie.

Plusieurs jours se sont passés encore. Dans une de ces épaisses forêts qui, aux abords des monts Ourals, couvrent de si vastes espaces, un traîneau, attelé de trois vigoureux chevaux marchant de front suivant la mode moscovite, glissait sans bruit sur la neige durcie par la gelée.

L'allure du petit véhicule était fantastique ; à droite, à gauche les troncs noirs et décharnés des arbres s'enfuyaient rapides comme des fantômes. Une puissante lanterne à réflecteur, accrochée à l'avant du traîneau, lançait en éventail ses gerbes rougeâtres qui se réfléchissaient sur le sol.

Il faisait un temps horrible, une véritable tempête de neige. Le vent s'engouffrait avec de rauques soupirs dans les profondeurs du bois, tordant les branches, déracinant les jeunes arbres, chassant en épais rideaux la neige qui tombait sans discontinuer.

Au loin on entendait les loups hurler la mort.

— Une mauvaise nuit qui se prépare ! petit père, dit

l'istvochik qui, de la voix et du geste, activait l'allure infernale de ses chevaux. Si nous ne pouvons sortir de ce maudit bois avant une heure, nous sommes perdus.

— Que crains-tu ?

— Le froid... Mon nez gèle déjà... Les loups...

— Frotte ton nez avec une poignée de neige et il dégè-
lera. Tant qu'aux loups, notre lanterne les tiendra à distance.

— Ne t'y fie pas, petit père ! Si la faim les presse, notre
lanterne ne les arrêtera pas. Nous en avons plus de cinquante sur les talons.

— Je ne vois rien pourtant.

— Moi non plus, mais les chevaux les ont senti. Regarde
comme ils dressent les oreilles, comme ils ouvrent les
naseaux, comme ils allongent les jambes !... C'est encore
heureux qu'il gèle...

Le voyageur ne lui répondit pas ; mais se tournant vers
une femme enveloppée dans une grande pelisse de fourrure
dont le col lui cachait le visage et dont les extrémités
recouvraient ses petits pieds, il lui dit :

— Wasilika, mon enfant, ne souffres-tu pas trop du froid ?

— Non, répondit-elle d'une voix faible, la fièvre me
soutient. C'est aujourd'hui la Noël, ajouta-t-elle en essayant
de sourire ; la Noël ! une fête de famille qui nous trouvait
si gais, si heureux autrefois ! Je voudrais bien arriver à un
village... il me semble que toutes mes peines seraient finies
si je pouvais prier pour lui.

— Pauvre femme ! tu l'aimes donc toujours, le lâche,
l'infâme !

—N'est-ce pas mon devoir?... Et puis, vois-tu, il est malheureux, il souffre!... Oh! je l'ai bien vu, va...

Alexis allait répondre : — « Par sa faute! » — Mais il se tut de peur d'affliger la pauvre créature si courageuse, si vaillante.

— Plus vite! dit-il à l'istvochik, presse tes chevaux...

— Il n'est pas besoin de les presser, ils filent comme s'ils avaient le mors aux dents. Pourquoi leur en demander d'avantage? L'homme et les bêtes ne peuvent en donner plus qu'ils n'en ont.

Et le traîneau glissait, glissait toujours rapide et silencieux. Seules les sonnettes rompaient le silence monotone de la nuit.

Quelques points noirs se voyaient au loin lancés sur la neige immaculée comme des boulets : c'étaient des loups!

— Attention! cria l'istvochik à Alexis, et si tu as des armes, prépare-les.

Un cri de douleur lui répondit : le traîneau venait d'accrocher une racine à peine couverte par la neige ; en moins d'une minute il versa.

Ce fut une confusion, un pêle-mêle indescriptible; les traits étaient emmêlés, les chevaux couchés sur le côté battaient l'air de leurs sabots, et l'istvochik, pris sous ses bêtes hurlait, se démenait comme un possédé.

Seul Alexis n'avait rien perdu de son sang-froid. Allant au plus pressé, il releva Wasilika, heureusement quitte pour la peur, puis revint dégager l'istvochik.

En une minute celui-ci fut sur pied; mais une grande

transformation s'était opérée dans sa physionomie : son bonnet, qui gisait sur le sol, avait conservé sa magnifique toison, sa barbe avait aussi disparu, et on voyait son visage marqué au type kalmouck, à la lèvre ombragée par une moustache militairement taillée, son crâne rasé.

Un soupçon traversa l'esprit d'Alexis, un nom vint se placer sur ses lèvres.

— Grégory Michaëlanoff !... le voleur de Moscou ! fit-il.

— Grâce !... s'écria l'espion. Ce n'est pas moi, j'avais des ordres.

— Meurs donc, misérable ! fit Alexis.

Et son revolver toucha la tempe de l'espion.

Mais une main s'appuya sur son bras, et une voix douce murmura :

— Pardonne !

C'était Wasilika.

— Pardonner ! ce serait donner au misérable toute liberté de continuer son œuvre infâme. Non, il a tenté de m'assassiner, je me vengerai...

— Par un assassinat aussi, reprit Wasilika. Cet homme nous a reconnu, qu'importe ! Nous poursuivons le même but pour des raisons différentes. Pardonne, Alexis, pardonne ! Nous aussi nous avons besoin d'indulgence...

— Soit ! dit Alexis désarmé, je lui laisse la vie... Mais qu'il renonce à nous poursuivre plus longtemps.

Et montrant la forêt à l'espion.

— Voilà ta route ! dit-il encore.

— C'est donc la mort !... la mort encore ! s'écria Grégory

en se tordant les mains de désespoir. Les loups appro-
chent... tu veux donc qu'ils me dévorent...

— Prends ce revolver, lâche...

— Non, emmène-moi... Je te promets... Je te jure de
ne rien tenter pour te nuire...

Alexis hésitait; il n'avait aucune confiance dans les pro-
messes de ce drôle. Et pourtant le laisser, c'était la mort...
il l'avait dit :... s'il échappait aux atteintes du froid mortel
dans ces régions, il n'échapperait pas à la dent des loups.

— Viens donc, dit-il. Seulement, souviens-toi de ceci :
Si tu ne te conduis pas bien, si tu manques à ta promesse, il y
a dans ce revolver une balle qui ne te manquera pas...

Grégory courba la tête sans répondre.

Ils relevèrent les chevaux; par bonheur pas plus que la
voiture, ils n'avaient souffert. Il était temps : les loups
accouraient nombreux, avides de sang et de carnage.

— Souviens-toi ! dit encore Alexis.

Et le traîneau glissa de nouveau sur le sol glacé.

La forêt s'éclaircissait en vastes clairières pratiquées par
les bûcherons; tenus en respect par la lueur fulgurante du
fanal, les loups suivaient à distance.

Soudain un spectacle magique s'offrit aux yeux des
voyageurs.

Presque sans avoir quitté la forêt, ils se trouvaient dans
la rue d'un village. Toutes les isbas qui la bordaient avaient
un air de fête; toutes les fenêtres s'incendiaient de lueurs
joyeuses qui, se croisant, laissaient comme un ruban de feu
sur la neige durcie de la rue. Au loin la petite église était aussi

illuminée de la base au faîte de ses coupoles, et les cloches —
les cloches si chères aux moujiks, si aimées d'eux — son-
naient un gai carillon comme pour dire : « Le Christ est
né!... »

De tous côtés glissaient des traîneaux chargés de jeunes
gens, de fillettes, gracieux, pimpants, joyeux. Les prome-
neurs à pied n'étaient pas rares non plus. Soigneusement
enveloppés dans leurs longs vêtements de fourrure, ils
filaient comme des ombres sur leurs longs patins.

C'était la joie, c'était le bonheur ; les guitares, les orgues
de Barbarie, les flûtes de roseaux s'accordaient ou ne s'accordaient pas, mais menaient un charivari endiablé qui
ravissait les moujiks, dont l'oreille est plus sensible au bruit
qu'à l'harmonie. Ajoutons à cela les chansons, les cris mêlés
au tintement argentin des sonnettes, aux claquements des
fouets, et on aura une idée de la joie qu'excitait chez ces
braves gens la naissance du Sauveur...

Tous se dirigeaient vers l'église, car le moscovite est
pieux avant tout et s'il méprise le pope, généralement ivrogne et voleur, il sait à merveille séparer la religion, de son
trop indigne ministre.

La fête de Noël et la fête de Pâques — le printemps et
l'hiver — sont celles qui se célèbrent avec le plus de
splendeur dans le saint empire.

Surveillant Grégory de l'œil, Alexis faisait avancer lentement.

Il ne fallait pas songer à s'arrêter dans une auberge ; elles regorgeaient toutes de monde et déjà il était impossible d'y pénétrer.

Alexis se décida à solliciter une hospitalité qu'il savait qu'on ne lui refuserait pas.

La maison où il s'arrêta appartenait à un des « starostas » (1) du village. A l'entrée des voyageurs, la famille, composée d'une aïeule, du père, de la mère et de deux beaux jeunes gens, se disposait à se rendre à l'église.

Alexis et sa compagne n'en furent pas moins favorablement accueillis. Toutes les mains se tendirent vers eux, toutes les voix murmurèrent à l'unisson la sainte formule de l'hospitalité :

— Que Dieu soit avec vous !

— Merci frères, merci sœurs, dit Alexis attendri. Nous sommes de pauvres voyageurs incapables de reconnaître autrement qu'avec le cœur un accueil aussi cordial...

— L'hôte, demande-t-il à son hôte qui il est et d'où il vient? répondit sentencieusement Michel Ivanieff, le starosta.

Cependant Alexis s'était rapproché de son hôte.

— Ecoute, lui dit-il à voix basse en lui montrant Grégory debout sur le seuil, j'ai à me plaindre de mon istvochik qui a voulu nous abandonner dans le bois. Je ne veux pas le livrer à la police qui le retiendrait, car j'ai encore besoin de... N'as-tu pas ici une pièce isolée où je puisse le renfermer jusqu'à demain.

---

(1) Le « starosta » est en quelque sorte l'adjoint du « startchina » ou maire d'un village.

—J'ai ton affaire, la chambre de mon fils, située sous le pignon de la maison et à laquelle on parvient par une échelle. Tu peux le renfermer là en compagnie d'une bouteille de vodki, qui dissipera les ennuis de sa captivité.

— Merci, dit Alexis simplement.

Et mettant la main sur l'épaule de Grégory.

— Suis-moi, lui dit-il.

— Où me conduis-tu?

—Dans un endroit où la compagnie ne te gênera pas.

— Je me révolterai... Je crierai...

—Tu oublies déjà ton serment... Essaye pourtant, et je te brûle la cervelle comme à un chien.

Lâche, le policier ne répondit pas et se laissa docilement emmener par les deux hommes qui le conduisirent dans une petite chambre, où un souper copieux, accompagné de quelques bouteilles, était disposé déjà. Michel et Alexis fermèrent solidement la porte, et, pour comble de précaution, enlevèrent l'échelle.

Un tel fait n'est pas rare en Russie où, malgré l'abolition « officielle » des châtiments corporels, les moujiks se mènent encore à grands coups de fouet.

Déjà le traîneau des voyageurs était remisé dans l'écurie. La famille du starosta monta dans un autre véhicule et se fit conduire à l'église, située à l'autre extrémité de la rue qui ne mesurait pas moins d'une verste de long.

Le saint sacrifice commençait dans l'église resplendissante de lumières et de dorures; le village avait repris tout son calme, car, à moins d'être paralysé des deux jambes, pas un moujik ne fut resté chez lui.

Puis, quand tout fut terminé, la rue se remplit de nouveau et comme par enchantement de joyeux compères ; les uns couraient à leurs demeures éloignées, faisant voler sur la neige leurs traîneaux à l'attelage bruyant ; les autres revenaient lentement ruminant quelque surprise, quelque plaisir nouveau.

Dans la grande isba du starosta, la table était déjà dressée et chargée de couverts, de gobelets d'étain reluisant comme le plus pur argent : le tschi fumait exhalant une bonne odeur ; le bœuf mariné dans du sucre et du vinaigre était cuit à point ; deux belles oies appétissantes et dorées tenaient les deux bouts de la table ; il ne manquait ni jambons ni saucisses.

Plus loin le kwass mousseux panachait le sommet des brocs ; des petits pains blancs, des fromages grillés s'étalaient en pyramides provoquantes.

Et pourtant rien de tout cela ne fut remarqué, rien que l'arbre de Noël, un jeune sapin qui hier encore faisait l'ornement des forêts et qui, non moins fier aujourd'hui, portait à toutes ses branches un monde — et quel monde ! — de bibelot de toutes sortes, de menus présents pour les grands et les petits ; tout cela brillant, miroitant aux mille feux des lumières cachées sous le feuillage.

Ce qui se passait ce soir-là chez le starosta n'était que la reproduction exacte de scènes pareilles, qui avaient pour théâtres toutes les isbas du village. Il faut qu'un moujik

soit bien pauvre pour n'avoir pas, ce soir-là, l'arbre de
Noël, l'oie et le pain blanc sur sa table... et encore, la charité est là qui veille et vient à son secours.

Aussi tout était joie et luxe...

On se mit à table avec ces heureuses dispositions : rire et
s'amuser. Alexis et Wasilika, malgré leurs chagrins se
sentirent gagnés par cette gaieté bruyante et communica-
tive... Il est si bon de rire !...

On but, on mangea largement, chacun à sa soif, à sa
faim : les Russes n'ont pas de délicatesse exagérée. Puis
vint l'heure de dépouiller l'arbre de ses mille bibelots. Alors
éclatèrent des cris, des trépignements. Personne n'avait
été oublié, pas même les étrangers à qui cette touchante
attention arracha des larmes des yeux.

Presque tous les présents étaient utiles. Cependant il en
était d'autres plus poétiques : c'est ainsi que le fils du
startchina offrit à Marienovna Ivanieff une petite boîte
mystérieusement fermée. La jeune fille sourit — n'était-
elle pas prévenue ? — puis, en rougissant, défit lentement
les cordons de soie. Deux pigeons, blancs comme la neige,
s'échappèrent de la boîte, et, après avoir décrit une courbe
gracieuse, vinrent se poser, comme s'ils imploraient sa
protection, sur l'épaule de la jeune fille.

Alors les cris, les battements de mains redoublèrent : suivant la coutume russe, les deux jeunes gens étaient fiancés.

Tant qu'aux gracieux oiseaux, ils n'avaient rien à craindre, si ce n'est trop de soins — car le paysan russe entoure
le pigeon d'une vénération superstitieuse : le tuer — le

9

manger surtout — serait un sacrilége digne do la Sibério,

La féte était à son apogée. On ne criait plus, on dansait, on chantait avec accompagnement de guitare et d'orgue de Barbario. Des domestiques répandaient à profusion du grain sur la neige afin que les petits oiseaux, eux aussi, puissent gaiement réveillonner, et célébrer, en s'élevant dans les cieux, la venue du Sauveur.

* * *

Toute médaille a son revers, toute féte son lendemain, qui se traduit ordinairement par la carte à payer. Il en fut ainsi d'Alexis et de Wasilika. Après cette halte joyeuse, ce moment de trève et d'oubli, il leur fallait reprendre leur éternel et monotone voyage, poursuivre quand même un but qui s'enfuyait devant eux.

Wasilika, de bonne heure, s'était rendue à l'église du village. La pauvre femme éprouvait le besoin de prier encore pour ce coupable, de conjurer le Seigneur de se montrer indulgent. La prière ne console pas seulement, elle fortifie. Quand Wasilika revint, elle était calme, elle espérait presque.

Pourtant que de déceptions, surtout pendant ces derniers jours ! Elle avait vu Serge, et le misérable l'avait reniée, et ses chevaux l'avaient foulée aux pieds ! Une nouvelle rencontre se produirait-elle ?... Et alors !...

— A la grâce de Dieu ! murmura-t-elle avec une piété sincère. Sa main qui nous a désunis saura nous réunir un jour... Serge reviendra dans le droit chemin.

Quand elle arriva devant l'isba, le traîneau était attelé déjà et Michel Ivanieff et sa femme s'occupaient d'en garnir les coffres avec les reliefs du festin de la veille.

Wasilika salua ses hôtes qui s'inclinèrent en silence. Quoique, par un sentiment de délicatesse bien facile à comprendre, ils se fussent abstenus de questionner ceux que le hasard leur avait envoyés, ils comprenaient qu'ils souffraient de quelque grande douleur.

— Et ton istvochik ? dit tout à coup Michel à Alexis.

— C'est vrai, répondit celui-ci, j'allais oublier ce coquin.

— Si tu as a te plaindre de lui, reprit le starosta, pourquoi ne le livres-tu pas à la police qui le fera fouetter ?

— C'est ce que je ferai, frère !...

Ils replacèrent l'échelle et ouvrirent la porte de la petite chambre.

— Grégory ! appela Alexis, Grégory Michaëlanoff.

Pas de réponse. Alexis entra : le réduit était désert.

— Le coquin ! pensa-t-il, il est allé nous dénoncer à la ville la plus proche...

Aussi intrigué que lui, le starosta regardait.

— Il est parti par les toits, dit-il en montrant la fenêtre ouverte.

— C'est vrai... J'oubliais que ce démon a toutes les audaces. Il faut le prévenir...

Ils descendirent. Le starosta donna à Alexis un de ses domestiques pour le conduire jusqu'à la première poste, et le traîneau put s'ébranler.

— Adieu ! cria Wasilika, adieu, nous ne vous oublierons jamais !...

—Allez avec Dieu! murmurèrent les Russes en s'inclinant les mains croisées sur la poitrine. Lui seul peut vous conduire!

Le traîneau filait avec la rapidité d'une flèche. On dépassa l'église, et bientôt le village hospitalier ne fut plus qu'un point vague tranchant, avec les toits de ses isbas chargés de neige, la coupole élancée de son église, en noir sur le ciel bleuâtre.

Puis tout disparut au détour de la route : les voyageurs étaient seuls encore.

— Les braves gens! fit Wasilika ; ils nous ont accueillis comme des frères.

—Oui, tu as raison, ce sont de braves cœurs. Mais il n'est plus question de cela. Comme je l'avais prévu, ma clémence causera notre perte; Grégory s'est enfui, et, à cette heure peut-être, nous sommes dénoncés...

— Il n'osera pas.

— Le misérable a toutes les audaces quand il s'agit de mal faire, te dis-je. Ah! pourquoi ne l'ai-je pas écrasé comme un reptile ?...

— Parce qu'un honnête homme ne souille pas sa main d'un sang aussi vil... C'est l'œuvre du bourreau... Ne crains rien, Alexis, Dieu que j'ai tant prié combattra pour nous...

Hélas !...

Ce fut tout... Lancé comme un boulet sur la neige durcie par la gelée le traîneau filait toujours emporté par trois vigoureux chevaux...

XI

Les bandits russes. — Encore lui!!!

Cette partie de la Russie, qui va de la « Mère des eaux »(1) aux monts Ourals, c'est-à-dire de Nijni-Novgorod à Perm, n'est, nous l'avons dit, qu'une suite de plaines offrant déjà le caractère des steppes, si communes dans le sud, de collines et de forêts — de forêts surtout, car, à mesure qu'on approche de la frontière, le pays devient de moins en moins peuplé et les bras manquent pour les grands défrichements.

Au sortir de Sarapoul, le long de la rivière Tchoussovaïa affluent de la Kama, tributaire elle-même du Volga — car cet immense fleuve dont la source est au-delà de Moscou et l'embouchure dans la mer Caspienne, arrose seul cette grande étendue de pays — au sortir de Sarapoul, disions-nous, les forêts reprennent comme de plus belle, suivent le bord des rivières, grimpent le long des collines qu'elles couvrent de leurs massifs épais.

Or, un soir de janvier, une de ces forêts était le théâtre

(1) Le Volga

d'une scène étrange. Au centre d'une vaste clairière, où flambait un feu de menues branches, brasier ardent, sans cesse alimenté, et réfléchissant sur la neige cristallisée ses flammes aux tons changeants, cinq ou six hommes se tenaient accroupis sur les talons.

Jamais on n'avait vu réunion si hétéroclite! leurs vêtements de fourrure usés, déchiquetés, n'étaient plus que des loques informes dignes de bohémiens ou de voleurs ; leurs visages, amaigris, parcheminés, offraient un mélange — peu gracieux — des types asiatiques et européens; à leurs ceintures de corde pendaient des poignards et des pistolets à un seul coup, armes anciennes déjà, mais dont ils se contentaient, faute de mieux sans doute.

Quelques chevaux, dont les selles étaient faites d'un lambeau de peau d'ours, les brides et les étriers de cordes tressées, allaient de ci, de là, avec une entière liberté, grattant le sol du bout de leurs sabots pour essayer de déterrer quelques brins de mousse. C'étaient de ces bêtes petites, disgracieuses, tellement maigres qu'on les eût dites promises à l'équarrisseur ; mais infatigables et pleines de feu.

Enfin, pour compléter ce tableau, un autre personnage, celui-là solidement attaché au tronc d'un jeune pin, hurlait, se démenait, invoquait à chaque minute le Dieu d'Abraham et de Jacob, tout en jetant des regards d'une incommensurable tendresse sur une misérable voiture dételée et remisée dans un buisson.

Ceci nous dispense de tout commentaire; nous sommes tout simplement au milieu des hordes de bandits.

On a de tout temps, beaucoup parlé des bandits espa-
gnols et italiens ; leur renommée a franchi les Alpes et les
Pyrénées et a fourni les canevas de je ne sais combien de
drames et de romans. La publicité s'est montrée plus avare
pour leurs collègues des monts Ourals : le banditisme
existe pourtant en Russie, parfaitement organisé et toléré
de la police qui y trouve... son profit.

Yégor Boubrowski, le chef de la bande en question,
était le plus hardi peut-être des aimables industriels qui
« font le grand chemin ». Le nombre de ses condamnations
était incalculable ; trois fois il avait fait, aux frais de l'État,
le voyage de la Sibérie — la peine de mort est abolie en
Russie ou du moins n'existe que pour crimes politiques —
et trois fois il avait réussi a s'échapper. Au demeurant, le
meilleur homme du monde, s'inclinant devant les « saintes
Images », respectant l'autorité du Czar, et n'éprouvant
aucun scrupule de contribuer à la prospérité de la police,
en glissant de temps à autre quelques roubles dans les
mains de ses représentants.

Cependant le Juif criait toujours.

— Te tairas-tu, animal ! fit Yégor Boubrowski en se
levant. Ne vois-tu pas que tes cris effrayent les corbeaux,
vieux loup !...

— Oui, ajouta un des bandits, à cette heure, Zabulon,
tu donnerais bien mille roubles pour être... ailleurs...

— Mille roubles, Dieu d'Abraham ! gémis Zabulon
Kozlowitch — car c'est notre ancienne connaissance que
nous retrouvons dans cette triste position. — Je ne possède

seulement pas mille kopecks... Je suis un misérable colporteur, un pauvre père de famille... je ne possède rien...
absolument rien.

— Et cette voiture chargée de fourrures, de quincaille-
rie, d'étoffes, etc., dit Yégor qui s'amusait énormément
des doléances du Juif; tu l'as donc volée?...

— Volée, Dieu d'Isaac!... volée! Je voudrais peut-être
l'avoir fait. Non, malheureusement, continua-t-il en
accentuant ses paroles de soupirs lamentables, rien de
tout cela ne m'appartient. Je ne suis qu'un misérable colporteur...

— Un pauvre père de famille! acheva Yégor en riant
aux larmes. Voyons, Zabulon, soyons sérieux. Tu as
beau crier misère, on sait que tu es riche, très-riche, que
tu possèdes des magasins à Nijni-Novgorod, que tu fais la
banque.

— Pas pour mon compte...

— Silence!... consens à signer une traite de mille roubles sur un de tes correspondants de Perm, et nous te
rendrons ta voiture et tes chevaux.

— Mille roubles! je serais riche si j'en possédais seulement la moitié! s'écria Zabulon avec cet entêtement particulier à ceux de sa race qui ne veulent jamais avouer
leurs richesses.

Les bandits s'étaient approchés; l'un lui arrachait la
barbe et les cheveux, l'autre lui tirait sur le nez, tous
criaient.

— Si nous lui grillions un peu la plante des pieds? proposa Yégor.

— Non, dit un des bandits, échaudons-lui la figure comme on le fait aux pourceaux pour leur enlever la soie.

—Arrachons-lui plutôt sa vilaine barbe de bouc, poil à poil.

— Pendons-le par les pieds...

— Roulons-le dans la neige...

Vingt propositions pareilles se suivirent. Les Tschinovniks de grand chemin étaient en veine de rire. Qui ne riait pas, c'était le pauvre Zabulon, et son visage décomposé, livide, ses yeux sortis de leurs orbites passaient tour à tour par toutes les phases de l'effarement et de la terreur.

C'est qu'il savait les bandits capables d'exécuter leurs menaces!... Pourtant il ne voulait pas céder. Livrer son or, son Dieu, sa vie, jamais!... Plutôt la mort! Plutôt la torture!...

Soudain, Yégor Boubrowski, dont les oreilles exercées percevaient tous les bruits, se redressa.

—Silence! dit-il; un traîneau avance...

En effet, un bruit de sonnette, faible d'abord, grandit bientôt et devint perceptible à tous.

— A cheval! cria Boubrowski.

Précipitamment les bandits jetèrent de la neige sur le feu, puis sifflant leurs chevaux dociles comme des chiens, s'élancèrent en selle.

Moins d'une minute après, les cavaliers, le pistolet au poing, étaient dissimulés chacun derrière un gros arbre.

Ils n'avaient rien à craindre du Juif : son intérêt lui commandait de se taire.

La nuit s'était faite depuis longtemps ; mais la lune, nageant dans un ciel pur, versait à profusion ses rayons argentés, qui, glissant à travers les branches dépouillées des grands arbres, se réfléchissaient sur le sol tout blanc.

— Attention ! cria Yégor Boubrowski.

Le traîneau se rapprochait toujours. On voyait maintenant sa grande lanterne à réflecteur qui éclairait de ses lueurs rougâtres les troncs noirs et rugueux des géants de la forêt.

— En avant !

A ce signal, les bandits pressèrent les flancs de leurs chevaux qui, comme si cette manœuvre leur était familière, entourèrent le traîneau...

— Arrête ou tu es mort ! cria à l'istvochik, Yégor Boubrowski.

Et, comme celui-ci ne tenait nul compte de cet ordre, Yégor leva son pistolet et fit feu. Le cocher, se baissant, évita la balle, et fouetta ses chevaux avec une énergie nouvelle.

— Que se passe-t-il ? demanda alors l'homme qui — avec une femme — occupait le traîneau.

— Des voleurs, petit père, répondit l'istvochik.

— Des voleurs !

Et ses deux mains parurent armées de deux revolvers.

— Arrière, canailles ! cria-t-il. Si vous espérez nous

dépouiller, vous vous trompez; il n'y a ici ni or ni argent, mais seulement du plomb.

— Connu ! répondit Yégor. Descends; les chevaux sont toujours bons à vendre...

Pour toute réponse l'homme fit feu visant le cheval qui se cabra avec un hennissement de douleur et s'abattit sur la neige. Mais déjà le bandit s'était relevé, et, son poignard à la main coupa les traits qui retenaient les chevaux.

Ceux-ci, se sentant libres, effrayés par les coups de feu, s'élancèrent à fond de train et disparurent bientôt dans les profondeurs du bois.

La lutte était engagée, mais nul n'eût pu dire comment elle se serait terminée si une intervention soudaine n'était venue au secours des voyageurs.

L'homme et son cocher faisaient pourtant merveille, mais ils n'étaient que deux contre six et leurs coups s'égaraient dans les ténèbres. Toute la bande avait mis pied à terre, ou plutôt s'était précipitée dans le traîneau essayant de s'emparer des voyageurs.

C'est en ce moment qu'un deuxième traîneau, que le tumulte de la lutte avait empêché de voir, et surtout d'entendre, déboucha dans la clairière.

— A moi, frère ! cria l'homme qui le premier remarqua ce secours inattendu.

— Courage, frère, je viens !...

Et deux hommes, le nouveau-venu et son istvochik, le revolver au poing, s'élancèrent sur les bandits. Cette fois la lutte n'était plus égale; ils étaient six, il est vrai, contre

quatre; mais leurs mauvais pistolets rouillés ne pouvaient
tenir longtemps contre les revolvers à six coups.

— En retraite ! cria Yégor les dents serrées, ces démons
nous écharperaient jusqu'au dernier...

Et, donnant l'exemple, il sauta sur le premier cheval qu'il
rencontra, et s'éloigna au grand galop. Les autres l'imitè-
rent sans que les voyageurs essayassent de s'y opposer.

— Merci frère ! dit Alexis — on l'a reconnu sans doute
— en tendant la main au nouveau-venu.

Mais il recula en poussant un cri.

— Serge ! fit-il, Serge !...

— Serge ! répéta Wasilika.

Et déjà elle entourait de ses bras le cou de son mari,
elle pleurait, mais de joie.

Lui la repoussa brusquement.

—Laisse-moi !... dit-il d'une voix sourde, laisse-moi !...
Une malédiction fatale pèse sur moi... je porte malheur à
tous ceux qui m'aiment... Je suis un voleur !...

Et il éclata de rire — un rire strident, forcé...

Wasilika lui prit les deux mains.

— Cesse de t'affliger, dit-elle : il est encore de beaux
jours pour nous.

— Pas pour moi... Je suis maudit...

Et il alla s'asseoir au fond du traîneau, la tête ensevelie
dans ses deux mains.

Il resta longtemps ainsi.

A quelques pas de là, appuyée sur le bras du major,
Wasilika pleurait. Cet accueil était-il donc le prix réservé à

son dévouement, à ses souffrances? Pour la deuxième fois elle le retrouvait, et pour la deuxième fois, il l'a reniait.

— Mon Dieu, murmura-t-elle, donnez-moi la force d'aller jusqu'au bout !

— Dieu t'écoutera, répondit Alexis.

Puis, appuyant la main sur l'épaule de Serge qui frissonna comme au contact d'un fer rouge, il reprit :

— Frère, que veux-tu faire ?...

Le malheureux eut un geste désespéré.

— Le sais-je seulement ! fit-il d'une voix sourde. Oh ! je voudrais être mort !... ce n'est pas une existence que celle que je mène : toujours tromper, toujours dissimuler... Je n'ai plus un moment de calme. Depuis que j'ai vu cette chaîne de misérable, elle est toujours là, présente à mes yeux... elle hante mes nuits sans sommeil... J'ai peur !...

— C'est ta conscience qui parle, Serge. Non, tu n'étais pas né pour cette vie infâme ; tout ce qu'il y a d'honnête en toi se révolte... tu souffres...

— Oui, je souffre !... et cette souffrance, ce martyre de chaque jour, de chaque minute, ce martyre perpétuel est de ceux que rien ne peut guérir... que la mort — j'y songerai...

— Mourir ! s'écria Wasilika avec explosion, tu veux mourir !...

— La mort n'est-elle pas l'oubli ? Tiens, indifférent à tout, quand j'ai entendu ces coups de feu, ces cris délirants, si je me suis jeté dans la mêlée, ce n'était pas avec l'idée de secourir des inconnus. Non, j'agissais par égoisme, je me disais avec une volupté sauvage qu'il y avait là, peut-être, une balle qui mettrait fin à mes angoisses... à mes remords... Oh! la mort! la mort! c'est le repos...

— Et le châtiment aussi, Serge. Songe à moi, à tes enfants, et vois si tu as le droit de mourir...

— Je suis indigne d'eux, indigne de toi, pauvre femme qui t'es sacrifiée avec tant de dévouement, d'abnégation... Que laisserai-je à mes enfants?... un nom souillé, traîné dans la fange, le nom d'un voleur...

— Qui peut-être encore celui d'un honnête homme, Serge, fit le major. Il n'est pas de grand coupable qui ne se purifie par le repentir, qui ne se réhabilite par le travail... Travail! devoir! que ces deux mots soient désormais ta devise...

— Oh! s'il se pouvait!... mais il est trop tard...

— Je te dirai plus tard ce qu'il faut faire, car nous allons te suivre.

—Jamais!

— Je le veux!

Serge courba la tête sans répondre.

Le traîneau d'Alexis et de Wasilika, privé de son attelage, ne pouvait leur être d'aucun secours. Heureusement le véhicule qui avait amené Serge était là, et les trois voyageurs, et les deux istivochiks pouvaient facilement s'y placer.

Ils allaient partir quand une voix s'éleva, plaintive et suppliante.

— Et moi, mes bonnes âmes, m'abandonnerez-vous ainsi, lié contre un arbre comme le Nazaréen à sa croix?

— Il y a donc quelqu'un ici? fit le major.

— Il y a moi, haute noblesse, Zabulon Kozlowitch, un pauvre colporteur ruiné, dépouillé.

— Zabulon! s'écria Serge, l'infâme qui m'a donné de faux billets de banque, qui m'a dénoncé...

— Oublie, Serge, fit Wasilika. Il ne faut pas se montrer inexorable quand, soi-même, on a tant besoin d'indulgence.

Les deux istvochiks avaient déjà délié le malheureux qui, reconnaissant ses hôtes de Nijni-Novgorod, n'en menait pas large. Sans prendre le temps de remercier, il courut à sa voiture, véritable magasin ambulant, et s'assura avec satisfaction que tout était en ordre. — Ce qui ne l'empêcha pas de se tirer la barbe, de lever les bras au ciel, en criant qu'il était ruiné, perdu.

Habitués à ces lamentations, les voyageurs n'en tenaient aucun compte.

— File, lui dit Alexis et remercie Dieu, vieux coquin, qui te permet de t'échapper sain et sauf; car, en conscience, tu mériterais une verte correction.

— Vous m'aiderez bien, au moins, à atteler mes chevaux, haute noblesse.

— Attelle-les toi-même, vieux mécréant, répondit Alexis qui, comme tous ses compatriotes, éprouvait la plus profonde aversion pour les fils dégénérés d'Israël.

Et, faisant signe aux istvochiks de rassembler les rênes, il sauta dans le traîneau.

La route se faisait triste et silencieuse. Chacun avait trop à s'occuper de ses propres pensées pour se montrer expansif.

Pâle comme un suaire, Serge tenait les yeux tristement baissés; de rauques soupirs soulevaient sa poitrine; si jamais son action lui avait paru coupable et criminelle, c'était en ce moment où, assis entre sa femme et son frère — ces deux natures si franches, si loyales — il n'osait pas les regarder, leur parler.

Il s'abandonnait comme un corps inerte, sans force, sans volonté.

Il l'avait dit, il n'avait pas été créé pour le mal, mais trop faible, trop indolent pour résister aux mauvaises suggestions, il s'était laissé entraîner, et voilà où le courant l'avait jeté...

Wasilika, elle, heureuse de se retrouver près de celui qu'elle aimait malgré ses fautes, ne pensait qu'à lui.

Seul Alexis envisageait l'avenir. C'était un homme d'action avant tout; il l'avait bien prouvé. Il voulait sauver Serge du bagne, du déshonneur, mais il voulait aussi réparer son crime, restituer au banquier de Saint-Pétersbourg les sommes emportées par le caissier infidèle.

Comment concilier cela? Alexis réfléchit longtemps; enfin il s'écria :

— J'ai trouvé !

* * *

Nous avons laissé Zabulon Kozlowitch en pleine forêt, devant sa voiture dételée. L'israélite n'était pas brave; la constante habitude qu'il avait de se courber devant tout et tous faisait qu'il n'osait plus regarder rien en face... si ce n'est l'or.

Ajoutons encore la crainte du terrible Yégor Boubrowski et de sa bande, et on comprendra que les pensées de Zabulon n'étaient pas précisément couleur de rose.

Enfin, maugréant, geignant, se lamentant, il attela tant bien que mal les deux maigres haridelles qui composaient son équipage, et partit emportant — comme souvenir sans doute — la corde qui avait servi à l'attacher.

Il se dirigeait vers Sarapoul, n'ayant plus envie de continuer vers Perm son voyage si désagréablement interrompu.

Mais le digne israélite n'était pas encore à bout d'infortune. A peine était-il hors du bois, à peine entrevoyait-il à l'horizon faiblement éclairé les coupoles de Sarapoul, que sa voiture fut soudainement entourée par un peloton de gendarmes à cheval, commandés par un officier et un agent en bourgeois.

— Dieu d'Abraham ! s'écria-t-il, encore des voleurs !

— Il n'est pas poli de parler de voleur, fit l'agent qui n'était autre que Grégory Michaëlanoff, surtout quand je suis là, ajouta-t-il. Mais d'où viens-tu, digne fils de Jacob ?

— De la forêt, haute noblesse.

— N'as-tu pas rencontré deux traîneaux suspects ?

— Donne un rouble, petit père, et je te le dirai.

— Un rouble ! vingt coups de fouets sur ta vieille carcasse pour te faire aboyer, chien. Voyons, réponds vivement.

Et il leva son fouet.

— Si, répondit le Juif tremblant.

Et en quelques mots, il mit l'espion au courant de ce qui s'était passé dans la forêt.

— Victoire ! cria Grégory Mikaëlanoff qui n'avait pas pardonné à Alexis son bain froid de Moscou — où sans un pêcheur il se serait noyé. — Victoire, l'oiseau est au nid, la prime est à nous !...

Et, courbés sur leurs chevaux, ils disparurent avec la rapidité au fond du bois.

Décidément il était dans la nature de Zabulon Kozlowitch de n'être toujours qu'un lâche délateur.

XII

Qui commence par un beau rêve et finit par une horrible catastrophe.

— Petit père, dit l'istvochik à Alexis, les chevaux ne peuvent aller plus loin, ils sont fourbus...

— Où nous arrêter ? demanda le major, je ne vois aucun village.

— Ici, répondit l'istvochik en désignant du bout de son fouet une petite isba, basse et irrégulière, s'estompant à peine dans la demi-obscurité de la nuit.

— Soit ! dit Alexis qui n'était pas fâché d'avoir avec Serge un entretien sérieux. Arrêtons-nous.

L'isba était une de ces demeures temporaires comme en élèvent les charbonniers et les bûcherons dans les forêts éloignées de tout village. Quatre poteaux à peine dégrossis atenant un toit pointu où s'ouvre un trou pour laisser passer la fumée, des murailles en rondins de sapin, tombant de vétusté, une porte étroite, deux fenêtres plus étroites encore, et voilà tout.

Nous oublions pourtant un petit appentis s'appuyant contre la cabane et pouvant servir d'écurie au besoin.

Aucune lumière ne filtrait à travers les volets, aucun bruit ne prouvait que ce taudis fût habité.

— Frappons, cependant, dit Alexis.

— C'est inutile, petit père, répondit l'istvochik, l'isba est abandonnée.

Et, pour le prouver, il poussa la porte qui céda aussitôt.

La lanterne du traîneau à la main, Alexis entra le premier. Rien à l'intérieur qu'une table grossière, des bancs taillés dans du bois de hêtre, un peu de paille dans un coin. Plus loin quelques pierres noircies faisaient l'office de foyer; dans la muraille opposée s'ouvrait une petite porte conduisant à une autre pièce; le constructeur de cette étrange demeure s'était réservé deux appartements.

Alexis posa la lanterne sur la table.

— Venez, dit-il alors à Serge et à Wasilika.

Les istvochiks avaient dételé les chevaux et se préparaient à les conduire dans l'appentis, où ils seraient au moins à l'abri de la neige et du froid.

— Vous coucherez là, leur dit le major.

— Bien, petit père.

Alexis ferma soigneusement la porte, puis, avisant dans un coin une petite provision de bois, il alluma une bonne flambée qui réjouit soudain le misérable intérieur.

Cela fait, il revint près de Serge.

— Causons! dit-il.

Serge, qui s'était laissé choir sur un banc, releva la tête.

— Oui, causons, répéta-t-il d'une voix sourde.

— Serge, reprit le major, avec un accent nuancé à la fois de tendresse et de sévérité, tu as commis une grande faute, une faute pour laquelle les hommes n'ont pas de pardon. Dieu, plus juste, juge autrement, car s'il se montre implacable pour le coupable endurci; son indulgence est acquise au repentir. Veux-tu persévérer dans cette voie fatale ?... Veux-tu que l'on dise en parlant de toi : « Il a eu le lâche » courage du crime sans avoir celui de le réparer !... »

— Non ! s'écria le malheureux qui se leva violemment, non, c'est au-dessus de mes forces !... Ce que j'ai souffert depuis ce jour fatal, Dieu seul le sait... Mais j'étais engagé trop avant pour reculer, c'est ce qui m'a perdu. C'est une confession que je vais vous faire; je voudrais que la société tout entière fût là pour m'écouter; elle me jugerait.

Il parlait d'une voix brève, saccadée, hachée par les sanglots. Alexis et Wasilika écoutaient en silence.

— Deux défauts ont causé ma perte, continua Serge, deux crimes plutôt : l'orgueil, le jeu... Pour satisfaire mon orgueil, j'ai joué... j'ai perdu... Alors, le vertige m'a pris; croyant compenser mes pertes, j'ai joué encore, toujours... j'ai perdu... Il semblait qu'une fatalité horrible s'acharnât après moi !...

« Oh! je ne vous retracerai pas mes remords, mes hésitations quand, pour la première fois, je m'appropriai ce qui ne m'appartenait pas... « Demain je serai plus heureux, » pensai-je, je rendrai ce que j'ai pris ! » et le lendemain pour faire face à de nouvelles exigences je... je volai encore ! Le premier pas était franchi : j'étais pris dans la première roue de l'engrenage qui devait me broyer un jour. Pour cacher mes malversations, je falcifiai mes écritures : j'étais déjà voleur, je devins faussaire !...

» Enfin, un jour vint où il me fut impossible de dissimuler. Le gouffre était ouvert sous mes pas... il fallait y tomber. Je ne sais quel démon me suggéra la pensée de fuir, mais de fuir en volant encore, et j'eus le lâche courage de le faire, d'abandonner mes enfants, la plus aimante des femmes, le frère le plus dévoué...

» Regardez-moi, et vous reculerez épouvantés ! Oh ! Dieu est juste... il frappe le coupable plus sûrement que les lois ! Mes cheveux sont blancs avant l'âge, mes yeux n'ont plus d'éclat, mon visage est plombé : j'ai soixante ans !... Et tout cela, c'est l'œuvre du remords qui me ronge, qui me torture. Regardez-moi, et dites si on peut trouver le bonheur dans le crime !... »

Accablé, il se laissa tomber sur son siége.

— Et maintenant, reprit-il après une pause, dites-moi si, tombé si bas, je puis me relever...

— Tu le peux, Serge ! s'écria Alexis, oui, tu le peux ! Ta réhabilitation tout entière est renfermée dans ces trois mots : Travail, Devoir, Repentir...

— Et dans l'amour de ta femme, de tes enfants, ajouta Wasilika en pleurant.

— Chimères !... Mensonges !...

— Tu es ici pour m'écouter, Serge, reprit Alexis, et tu m'écouteras ; je te sauverai en dépit de toi-même. Tu

fuyais, nous fuirons ensemble, nous chercherons un pays
où ton nom soit ignoré, ton crime inconnu, où tu pourras
te régénérer par le travail.

— Oui, dit Wasilika, la France, Paris !...

— Mais cet argent que j'ai volé ! qui me brûle les
doigts ?

— Tu l'as tout en t'a possession ?

— Moins quelques centaines de roubles.

— Cet argent sera rendu à son légitime possesseur.

— Mais j'ai commis des faux...

— Nous les rembourserons, dussé-je sacrifier tout mon
avoir. Oh! le travail ne m'épouvante pas non plus!
Quitte avec les hommes, tu pourras alors t'acquitter avec
Dieu.

— Oh! s'écria Serge en pressant les mains de ces vaillants
cœurs, ne me tentez pas !... vous finiriez par me faire
aimer la vie encore...

— Il le faut, Serge. Je comprends ton dessein, tu veux
mourir... Mais un homme de cœur ne meurt pas quand il
a une femme, des enfants; il ne fait pas banqueroute à
la vie quand il laisse derrière lui des obligations à remplir...

La voix du major était grave, sévère et pourtant persua-
sive. Serge comprenait combien il avait raison. Pourtant
il ne répondit pas, mais, prenant sa tête à deux mains, il
pleura longtemps.

Alors Wasilika s'agenouilla près de lui, et, écartant
doucement ses mains, le regarda bien en face.

— Dis-moi que tu veux vivre, Serge? fit-elle, oh! je t'en conjure, dis-le-moi...

Serge la releva doucement.

— Oui, dit-il, je veux vivre, vivre pour expier et rache- ter mon crime, pour mériter votre amour à vous deux. Oui, je veux vivre!

— Remercions Dieu, dit alors le major, c'est lui qui t'a inspiré, lui qui te soutiendra.

Et, assis tous trois les uns près des autres, ils causèrent longuement, avec expansion. Chacun raconta ses peines, ses souffrances, et Dieu sait si le chapitre en était long! Puis on parla de l'avenir, et il fut décidé que Serge et Wasilika resteraient cachés, sous un faux nom, à Perm, même pendant que le major reprendrait la route de Moscou et de Saint-Pétersbourg. Là il restituerait au banquier, en lui faisant promettre de retirer sa plainte, les som- mes dérobées par Serge, et, quand l'affaire serait assoupie, il reviendrait, avec les enfants, les prendre pour les con- duire en France.

— Ne craignez donc rien, dit Alexis; j'ai une petite fortune que je sacrifierai de bon cœur pour vous — ne devait-elle pas revenir à mes neveux? Une affaire comme celle-ci ne s'éternise pas dans notre pays, surtout en ce moment, et avant six mois tout sera oublié...

— Quel beau rêve? murmura Serge. Si seulement il pouvait se réaliser?...

— Comptons sur Dieu, mon ami, dit Wasilika avec conviction.

Mais ils avaient compté sans la haine : Grégory veillait.

* * *

La nuit s'était enfin dissipée faisant place à un pâle soleil d'hiver, sans force, sans chaleur, qui éclairait la forêt de ses rayons obliques.

Alexis, alors, donna aux istvochiks l'ordre d'atteler le traîneau. Il voulait lui-même conduire les deux époux à Perm, leur chercher une retraite sûre et discrète, puis après, il repartirait.

Déjà le traîneau était près, le cocher sur son siége faisait claquer son fouet, quand Alexis tressaillit.

Il lui semblait entendre, au loin, une rumeur confuse, éclats de voix, bruit de sabres heurtant les étriers de fer. Soudain une voix s'éleva :

— Par ici ! par ici ! criait-elle, je tiens la piste !...

Et Grégory Mikaëlanoff, à la tête d'un fort détachement de gendarmes à cheval, parut au bout de l'allée forestière.

— Démon ! murmura Alexis.

Lui aussi avait reconnu le major.

— Eh, petit père ! cria-t-il ironiquement ; l'heure est venue de régler nos comptes...

Serge, pâle, avait tout entendu.

— Perdu ! murmura-t-il, perdu !... Ils ne m'auront pas vivant ! La chaîne !... la Sibérie !... jamais !... Pauvre femme, pauvre frère, votre dévouement aura été stérile... Dieu ne veut pas de mon repentir... Je suis maudit !...

— Serge ! s'écria Wasilika en se traînant à ses pieds, que veux-tu faire ?

— Échapper à l'infamie, au bagne... Wasilika, Alexis, embrassez-moi une dernière fois, et puis... priez pour moi... oh ! priez...

Wasilika et Alexis, avec l'énergie que donne le désespoir, s'attachèrent à lui ; il les repoussa brusquement, et, ouvrant la porte qui donnait accès dans l'autre pièce, il disparut en criant encore :

— Adieu !... Seigneur, pardonnez-moi !...

— Il va se tuer ! gémit Wasilika. Alexis, sauve-le !...

Trop tard ! Une détonation retentit, puis on entendit le bruit d'un corps tombant et rebondissant sur le sol.

— Mort ! s'écria Wasilika

En ce moment Grégory Mikaëlanoff et sa troupe faisaient invasion dans la pauvre isba.

— Serge ! Serge Rouvanoff ! dirent-ils.

Alexis vint au devant d'eux.

— Vous cherchez Serge Rouvanoff? leur dit-il. Suivez-moi.

Et, poussant la porte, il leur montra dans l'autre pièce, Serge étendu sur le dos, la poitrine sanglante, et, à côté de lui, Wasilika agenouillée.

— Le voilà ! dit-il encore.

— Mort ! fit Grégory. Mort !...

— Pas encore, Grégory Michaëlanoff, murmura Serge d'une voix faible. Dieu a voulu me laisser le temps de me reconnaître, de maudire encore mon crime... J'ai pu être bien coupable ; mais les tortures que j'ai subies depuis ce jour fatal me vaudront la miséricorde du Père céleste... il me pardonnera...

Il se tut ; une écume sanglante mouillait ses lèvres ; son teint se plombait déjà, sa respiration devenait rauque et sifflante.

Il reprit au bout d'une minute en pressant la main de Wasilika qu'il mit dans celle d'Alexis :

— Je te la lègue... Aime-la comme je l'aimais... Aime aussi, protège mes enfants, afin que... un jour, ils ne maudissent pas leur père...

— Je te le promets ! murmura le major d'une voix brisée par les sanglots.

— Bien !... je meurs tranquille... Adieu, vous seuls que j'aimais en ce monde !... Seigneur, faites-moi miséricorde !...

Sa tête retomba en arrière, rebondissant sur le sol.

Il était mort...

Les gendarmes, bien qu'habitués à de pareilles scènes, étaient visiblement émus. Seul Grégory n'avait rien perdu de son calme cynique. Le digne policier était de ces natures peu faciles à émouvoir...

— L'un m'échappe, dit-il ; mais je tiens l'autre.

Et mettant la main sur l'épaule d'Alexis :

— Je t'arrête ! continua-t-il.

— De quel droit ?

— En vertu d'ordres reçus de Saint-Pétersbourg.

— Je suis donc un criminel ?... De quoi m'accuse-t-on ?

— De correspondre avec le Comité exécutoire de Saint-Pétersbourg.

— Moi, un nihiliste! s'écria Alexis. C'est faux, je suis un homme de paix.

— Les juges apprécieront ça — si tu es jugé. Il y va des mines à vie pour toi, petit père!...

Et s'adressant aux gendarmes.

— Emmenez-le! dit-il.

C'est en vain que le malheureux sacrifié à la basse vengeance de l'espion qui, dans ses lettres à l'inspecteur Wladimir Pétrozanieff, son patron, l'avait dépeint comme un conspirateur dangereux, essaya de protester, de se justifier, les gendarmes le mirent en état d'arrestation.

Déjà Grégory avait fouillé le cadavre, et, découvrant le portefeuille :

— Voilà les roubles, dit-il : la prime est à moi.

Alexis avait sollicité la permission d'embrasser Wasilika.

— Tout ceci est un malentendu, dit-il pour l'encourager, je serai libre bientôt.

Puis il ajouta en se penchant vers elle.

— Il faut tout prévoir, cette arrestation est peut-être sérieuse. Ecoute-moi bien. Sous la plaque de ma cheminée, dans ma chambre, à Saint-Pétersbourg, vingt mille roubles, toute ma fortune, sont cachés. Prends-les... Fuis à Paris avec tes enfants... Je ne tarderai pas à vous y rejoindre... La Sibérie ne me gardera pas longtemps.

— En route ! dit Grégory brutalement.

— Je suis prêt !

* * *

Une heure après ces derniers faits, un traîneau, emportant un cadavre enveloppé dans un grand manteau, et une femme à moitié folle de douleur, quittait l'isba de la forêt, et se dirigeait vers la route de Sarapoul.

Puis venait un homme les mains enchaînées, l'entrave aux pieds mais la tête haute, le regard ferme et assuré.

Autour, une vingtaine de gendarmes, raides, sanglés dans leurs uniformes et montés sur des chevaux, des steppes à la mine sauvage et indomptable.

Un pâle soleil d'hiver, filtrant à travers les arceaux dépouillés de la forêt, accusait les moindres reliefs de cette scène.

Le cadavre, c'était Serge...

La folle !... Wasilika...

Le prisonnier, Alexis...

Derrière eux venait un homme à l'air conquérant : Grégory Michaëlanoff.

— Cent mille roubles ! murmurait le policier avec un rayon de convoitise dans la prunelle. Cent mille roubles !... la fortune, l'indépendance.

Le cortége quelques heures après entrait dans Sarapoul, où Grégory devait remettre à la police ses deux prisonniers : Alexis et le cadavre de Serge.

Arrivé devant la prison, l'officier se détourna sur sa selle.

—Où est Grégory Michaëlanoff? dit-il.

Personne ne répondit : le policier avait disparu.

. . . .

Quinze jours plus tard, un individu en guenilles, sans papiers, fut arrêté par la police au moment où il essayait de franchir la frontière sibérienne.

On le fouilla immédiatement, car il refusait de se nommer, et, à leur grande surprise, les policiers découvrirent, caché dans ses vêtements, un portefeuille renfermant pour cent mille roubles de billets de banque et de valeurs.

C'était Grégory Michaëlanoff qui, ébloui par la vue de tant de richesses, avait voulu reprendre, pour son compte, la tentative qui avait coûté la vie à Serge Rouvanoff.

Il fut emprisonné à Sarapoul en attendant le passage de la première chaîne de déportés pour la Sibérie, chaîne dont Alexis Rouvanoff, devait aussi faire partie.

Digne salaire de son crime.

Et maintenant, Wasilika était-elle réellement folle?...

Alexis Rouvanoff devait-il demeurer éternellement aux mines de l'État?... Enfin Grégory Michaëlanoff s'amenderait-il un jour?

Autant de questions que se pose le lecteur. Autant de questions auxquelles nous répondrons bientôt.

EUGÈNE PARÈS.

Brest le 5 septembre 1880.

FIN.

TABLE

—

FIN DE LA TABLE.

Limoges. — Imp. E. Ardant et Cᵉ.

www.ingramcontent.com/pod-product-compliance
Lightning Source LLC
Chambersburg PA
CBHW051142260626
47170CB00005B/1936